HEGESIPPE MOREAU

OEUVRES INÉDITES

Paris. — Imprimé chez Bonaventure et Ducessois,
55, quai des Augustins.

HEGESIPPE MOREAU

OEUVRES

INÉDITES

AVEC INTRODUCTION ET NOTES

PAR

ARMAND LEBAILLY

Eau-forte par G. STAAL.

PARIS

LIBRAIRIE DE Mme BACHELIN-DEFLORENNE

Rue des Prêtres-St-Germain-l'Auxerrois, 14

INTRODUCTION

Je reviens de Provins, et j'ai rapporté avec moi le murmure de sa Voulzie et le parfum de ses roses : c'était le meilleur souvenir que cette petite ville de la Brie pût me laisser en partant. Mais je les savourerai longtemps, ces fleurs que Thibaut de Champagne conquit en Palestine, et je les aimerai toujours ! Quand elles seront desséchées, quand elles auront perdu leurs fraîcheurs nacrées, je les mettrai dans un petit coin de la mansarde, d'où elle m'enivreront encore, car les roses de Provins sont sœurs des roses de Saâron; la vieillesse leur donne une jeunesse nouvelle, plus pénétrante et plus douce, et, si les fleurs ont un langage, celles-là me parleront quelquefois, car je n'ai vraiment fait à la Voulzie, qu'eussent rêvée Tibulle, Théocrite, Moschus et que chanta Hégésippe Moreau, qu'un court pèlerinage. Au pas du chemin de fer, j'ai passé sur ses rives, et c'est avec la rapidité des heures que j'ai conversé avec « la Fermière : » l'aube matinale me souriait encore quand est tombé le soir. Cependant, pauvre et grand poëte, j'ai recueilli les derniers cris de ta voix et les dernières larmes de ceux qui te furent chers; j'ai revu les feuillages dont tu cherchais l'ombre et les coteaux dont tu aimais les sentiers; j'ai monté l'escalier poudreux de l'imprimerie « petite et proprette » et j'ai touché les « espaces[1] » sacrées sur lesquelles tu jetas tes premiers vers. J'ai serré les mains que tu baisais, et, ne retrouvant pas ta « Sœur » que tu as revue dans un monde plus lumineux et plus juste, je suis allé m'incliner sur sa tombe. Voilà les souvenirs et les respects qui m'inspirent !

Hégésippe Moreau, se développant de cœur et d'esprit dans ce pays de Provins, y prit la saveur fine, délicate et exquise de son génie. Il dut au parfum des roses le parfum de ses vers ; au caractère aimant de ses bienfaiteurs, la tendresse de ses inspirations ; à la verve, à la gaieté de ses concitoyens adoptifs, le charme de ses Contes ; à tout ce qui l'entourait, la conception, l'expression et l'originalité de ses œuvres. Il dut tout cela ;

mais depuis il a tout payé avec usure par la gloire et par la souffrance. Cependant le génie du poëte a d'autres reflets que ceux que nous lui savons. Dans le diocèse de Meaux, Hégésippe Moreau n'est pas connu pour ses Satires ; dans les presbytères, où sa mémoire est honorée, on récite de lui deux pièces[2] *assez mauvaises qui le mettraient à la hauteur de Thomas, l'académicien des « Éloges, » s'il n'était, au-dessous de Lamartine et de Victor Hugo, le frère en poésie d'Alfred de Musset. Si ces deux pièces ne dataient de l'extrême jeunesse de l'auteur, je solliciterais pour elles la plus vive indulgence ; mais c'est un séminariste de dix ans qui les écrivit, et si je les transcris ici, c'est pour engager les anciens camarades d'études du poëte à relire le « Myosotis. »*

SUR LA MALADIE DE M. SASSINOT

Directeur du petit séminaire de Meaux.

L'abîme du malheur s'entr'ouvre sous nos pas
Referme-le, grand Dieu, ne nous y plonge pas.
S'il faut une victime à ta juste colère,
Je suis prêt à mourir pour sauver notre père.
Tu voulais le frapper, mais arrête un moment,
Daigne m'immoler seul à ton ressentiment.
Quoi donc, tu puniras ton ministre fidèle,
Lui qui pour ta grandeur est enflammé de zèle ?
Laisse-le vivre encor ; hélas ! s'il n'était plus,
Qui pourrait nous frayer le sentier des vertus ?
Qui saurait, comme lui, de tes livres sublimes
Imprimer dans nos cœurs les divines maximes ?
Qui pourrait, en deux mots, y faire chaque jour
Croître de plus en plus le feu de ton amour ?
Daigne être enfin touché de ma persévérance,
Au nom de Jésus-Christ, j'implore ta clémence.

SUR LA MORT DU MÊME.

Mes yeux sont dessillés, et je vois, sans nuages,
Je vois l'Être suprême, à qui tout rend hommage,
Je le vois sur un trône élevé dans les cieux.

Toujours l'écho puissant des célestes portiques
Retentit de cantiques
Chantés en son honneur par tous les bienheureux.

Environné de feux, de gloire et de lumière,
Ce Dieu voit à ses pieds les princes de la terre,
Il lit dans leur pensée, il punit leurs forfaits.
Du juste qu'on opprime, embrassant la défense,
Il couvre l'innocence
D'un bras qui du méchant veut repousser les traits.

Mais quel est ce mortel qui comme un autre Élie,
Prend un rapide essor vers la sainte patrie?
Oh! quel char radieux et quelle majesté!
Des brûlants séraphins j'aperçois la phalange
Guidant le nouvel ange
Au céleste séjour de la félicité.

C'est Sassinot! quel jour de joie et d'allégresse!
O bardes, que vos chants le célèbrent sans cesse;
Adressez-lui vos vœux, habitants d'ici-bas;
Et vous, jeunes enfants, vous à qui ce bon père
Vient d'ouvrir la carrière,
Ne pleurez plus sur lui, mais marchez sur ses pas.

Ces vers ne présagent rien, mais c'est une date : ils ont l'accent navrant d'une époque qui s'en va, et on croit pressentir celle qui vient avec un cri d'espérance. Mais ce n'est pas encore à ces deux inspirations funèbres que Moreau doit sa popularité parmi les prêtres du département de Seine-et-Marne, qui l'ont connu à Meaux ; on se rappelle de lui un petit poëme héroï-comique, malheureusement perdu, intitulé « la Déculottade, » et sur lequel l'abbé Grabut, dont le poëte a fait rimer le nom dans son « Diogène, » comme un signe de reconnaissance, tira un horoscope cher aux Muses. Hégésippe Moreau était toujours dans sa dixième année, et c'est vraiment pénible et regrettable de ne plus posséder que dans sa mémoire infidèle ces petits couplets malicieux et piquants qui eurent alors le succès de « Vert-Vert » : ils nous auraient aidé à affirmer encore l'originalité instinctive du « Myosotis. »

Mais pendant que je m'alarme sur l'œuvre de Moreau, égarée à sa première inspiration, d'autres s'attristent de la sollicitude pieuse avec laquelle je réunis les admirations, les sourires, les pleurs, les sympathies et les regards qui peuvent honorer sa mémoire. Ceux-là, cependant, se disent des amis du poëte; ils étaient ses contemporains autrefois; aujourd'hui, ils ne peuvent le supporter : à les entendre, ce pauvre garçon avait tous les défauts imaginables, parce qu'à vingt-huit ans il avait fait son chemin dans les Lettres. Mais, pour en venir là, il n'avait pas, comme vous, joué à la Bourse, escompté les salons et les boudoirs; il ne s'était pas momifié dans les sinécures, sous les caresses des Laïs au rabais. Comme vous, il ne chanta pas les jupons roses et les cheveux parfumés d'amarante, et les paniers, et les brodequins de la Camargo.

Il ne se fit pas l'historiographe des baisers de Ninon, ni des soupers fins d'Adrienne Lecouvreur avec messieurs de la maréchaussée de Paris, qui dépensaient vingt mille livres pour un déjeuner. Il ne crut pas à ces éblouissements de contrebande, à ces libertinages d'imagination, à ces niaiseries de sentiment. Il ne s'arrêta pas dans ces régions malsaines; il ne respira pas cette atmosphère écœurante, et il conserva son génie dans sa virilité littéraire. Cependant, il dut souvent réfléchir sur ces esprits en faillite, réduits à faire du scandale ou du métier, à rire de leurs premiers bonheurs, et, comme Cagliostro, parlant un soir aux beaux esprits de son temps, Moreau put leur dire : « Toutes ces paperasses-là, messieurs, sont bonnes à faire des cerfs-volants qui vous tueront, en faisant sur vos têtes descendre la foudre. » Mais le poëte n'était pas méchant : la bonté était l'âme de son âme, et ces pronostics n'allaient pas à ses lèvres. Devant la tendresse et la sympathie qui s'attachent à ce nom malheureux et sacré, on ne comprend guère ces récriminations posthumes. Elles seraient inconvenantes si elles n'étaient injustes. Et il me semble que ces contemporains d'autrefois rajeuniraient sûrement leur muse aujourd'hui s'ils l'exerçaient au silence. Mais je sais que l'impuissance engendre la haine, qu'il est des esprits qu'on ne sait pas convaincre et des cœurs qu'on ne peut pas toucher. Il ne nous reste donc qu'à rire de ces colères et de ces indulgences, et à engager ces messieurs à relire « le Serpent et la Lime. » Or, pendant qu'ils épèlent leur jugement, voilà le flot du siècle qui jette au rivage quelques branches de laurier, quelques fleurs de myosotis. C'est moi qui ai eu le bonheur de les recueillir, et les voici avec leur jeunesse, leur éclat et leur parfum.

Quand Hégésippe Moreau publia, en 1838, ses « petits Contes et petits Vers, » il fut très-contrarié de voir un éditeur intraitable faire d'un livre, qui avait l'accent et les passions de la haute littérature, un volume pour les enfants. Or, il fallut en bannir les espiègleries les plus légères, les soliloques naïfs, attendris, de madame du Tillet, « la Femme sensible, » et la déception touchante, malheureuse du poëte, qui trouva un jour, dans son lit, sa petite chienne Mignonnette à la place d'une maîtresse adorable. Cependant, il n'y avait rien d'immoral ni de déshonnête dans ces petites ironies qui s'appellent des contes, où Moreau jeta sa gaieté, ses grâces et ses plus fines couleurs. Ces histoires sont de petits tableaux où le cœur humain se développe comme un paysage à mesure que le soleil se lève et que le ciel s'éclaircit. Dans ces pastels délicats, on retrouve les éléments d'un drame plus vaste, si le poëte, méconnaissant ses facultés synthétiques, eût voulu l'élargir. « La Femme sensible » n'est que le canevas d'un amour bourgeois en province : l'action est pénétrée de ces ferveurs inavouées qui brûlent dans l'ombre, s'éteignent à la lumière, et donnent à l'adultère mental un air de vertu mystique et séduisante. Si Moreau se plaisait dans ces cadres étroits, c'est qu'il aimait à contempler la pensée humaine dans sa force. Le poëte, par la gracilité de ses formes, la délicatesse de ses organes, la puissance de son crâne, l'ampleur de sa tête, la clarté profonde de ses yeux, avait tous les instincts du drame rapide et intense. C'était le foyer concave qui attire les rayons pour les rejeter autour de lui avec une douceur et une sérénité divines. Quand l'âme se recueille ainsi dans la lumière, elle a toujours le verbe noble et beau, l'accent sympathique et vainqueur, le rhythme ample et l'éclat magique de l'alto. Alors elle évoque sincèrement : la Beauté, l'Amour, la Douleur lui parlent avec la voix, et c'est dans ces visions-là qu'Hégésippe Moreau fut immortel et heureux.

Je ne veux pas dire que ces « Œuvres inédites » du poëte soient des révélations vivement accentuées de son âme, mais elles ont le reflet calme et pur des crises glorieuses de son génie. Hégésippe Moreau se retirait dans ces légendes fraîches et souriantes comme sous les peupliers de la Voulzie dans les jours brûlants. Que les Lettres doivent se trouver heureuses de ces découvertes récentes, dans lesquelles l'esprit du « Myosotis » prend des formes plus piquantes et moins personnelles! Dans les Contes que nous connaissions d'Hégésippe Moreau, dans le « Gui de chêne » surtout, il y a une corde intime en vibration qui charme trop les oreilles pour essayer d'en étudier les sons ; dans la « Souris blanche, » il y a une allusion douloureuse qui saisit le cœur; partout il y a le cri du poëte qui souffre. Maintenant, tout est changé dans l'accent, Quoique la forme soit toujours pure, lumineuse et élevée, le conteur s'arrête aux nuances de la vie réelle ; il peint avec plus de sincérité les sentiments humains, et il a comme le pressentiment des inquiétudes sociales qui nous agitent. Je n'analyserai pas son sourire moqueur et sceptique qui se cache sous un voile inutile : c'était l'effet de la maladie qui tue les plus saintes croyances. Cependant Hégésippe Moreau avait des rajeunissements soudains, et la Foi, quelquefois, le réchauffait sous son aile. Alors, sans cesser d'être simple, naïf et presque enfant, le poëte s'élevait sur un souffle héroïque, et il mêlait aux sentiments légendaires de sa muse les plus hautes inspirations de la Patrie. Jeanne d'Arc, éclairée des lumières de l'Histoire, ne devenait pour lui qu'un symbole, qu'un mot d'ordre, que le « qui vive ! » de la Liberté depuis quatre siècles en France ! Dans « Jeanne d'Arc, » Hégésippe Moreau n'a pas le mérite de l'annaliste, il raconte une tradition nationale, et dans quelques pages il dit ce que tant d'autres ont mis dans des volumes. Or, l'intérêt s'accentue à mesure qu'il se concentre. Cependant le poëte n'a pas dédaigné la couleur; il se rattache même à l'école de l'histoire descriptive, qui laisse au lecteur le soin de faire la philosophie des faits. La « Jeanne d'Arc » d'Hégésippe Moreau devrait être apprise par tous les enfants; elle porte en elle ce qui fait les hommes et les citoyens : l'amour de la justice et la haine de l'étranger. Auprès de ces pages héroïques, se trouvent quelques lettres qui nous semblent la joie, le charme et l'honneur de ce livre. Plusieurs d'entre elles ne sont que de simples billets, mais ces billets sont des bulletins de victoire. Or, voici la légende :

Moreau n'écrivit guère, dans ce monde, qu'à deux personnes, parce qu'elles seules savaient le comprendre : Madame Guérard, appelée depuis « la Fermière, » et Louise Lebeau. On sait déjà combien ces trois natures si fines, si déliées, si sincères, devaient s'estimer. C'est dans ces entretiens que le poëte se révèle avec ses désespoirs et ses rayonnements. Les lettres à Louise Lebeau ont un caractère plus tendre peut-être que les autres. C'est la sympathie des deux natures, la sensibilité des deux organismes et les perfections morales des deux âmes qui les distinguent. On y voit un amour pur, noble et divin sous les gazes légères et les badinages respectueux. Quelquefois on sent l'enthousiasme y répandre ses bienfaisantes ardeurs. Moreau, dans ses billets, est d'une chasteté, d'une modestie et d'une sincérité éprouvées. Il a la verve, l'entraînement, la rapidité, la mélancolie, la prière, le découragement et l'espérance ; il a la vie ; il cause légèrement, doucement, franchement ; il parle du printemps et de sa mansarde, de la gloire et de ses vers, du malheur et de son courage renaissant. Puis il se complaît dans des tendresses ineffables.

Il est heureux de dire qu'il a besoin d'aimer et qu'il aime : « Ma sœur, ma sœur, je vous aime par respect, par devoir, par reconnaissance. » Puis il se croit tout permis; il aime; on va tout lui pardonner. Et il raconte ses visites, ses déceptions, ses fredaines. Comme une alouette, il s'élève de la bruyère dans l'azur et s'enivre en chantant, mais il chante sous le soleil et dans l'orage, et toujours on sent une timidité honnête et mystique dans sa voix. Ces accents, ces essors sont naturels chez Moreau : il s'amuse, il joue, il pleure; mais ne lui en faisons pas de reproches : ce sont les mœurs de son pays. Cependant, il jette quelquefois des cris navrants, à déchirer le cœur. C'est malgré lui que ces cris-là retentissent. Il souffrait tant qu'il ne s'appartenait plus. Mais, sur ces désolations, passe tout à coup un rayon consolant et léger, et la joie bat de l'aile, et l'espérance sourit encore avec grâce, « susurri lenes. » Ces lettres à Louise Lebeau sont une révélation capitale: elles honorent celle qui les reçut et celui qui les écrivit. Elles complètent, elles achèvent ce que la Légende avait commencé, ce que la Postérité avait inspiré d'avance :

Ma sœur, nous ne ferons qu'une gloire à nous deux.

Lorsque le poëte écrit à madame Guérard, il a un accent moins attendrissant peut-être, plus fier, plus humain, mais il est toujours distingué, bon et reconnaissant. Son cœur ne peut pas trahir son âme honnête. Avec la fermière, Hégésippe Moreau devient fermier d'une petite rente de 300 francs par année, qui lui permettra de se placer à Paris. Mais il n'y arrivera que difficilement, après les journées de Juillet où il se battit en mauvais tireur, comme disait, dans « le Temps, » Louis Ulbach. Mais aussi le charmant écrivain, l'excellent professeur de style épistolaire! Madame Guérard, qui avait pour Hégésippe Moreau toutes les caresses d'une mère, ne négligeait pas ses débuts. Elle seule, avec Louise Lebeau, savait l'apprécier; aussi elle recevra, comme la sœur du poëte, les pièces du « Myosotis, » pour les lire, les discuter, les critiquer, les honorer ou les déchirer. Moreau a confiance en elles. Or, « la fermière » reçut un jour « l'Ode à Bordeaux; » on y lisait :

Dans tes troupeaux à blanche laine,
O ma fermière châtelaine,
Laisse-moi choisir deux agneaux.

Mais le poëte se ravisa : « Madame Guérard comprendra sans peine, écrivit-il en marge, qu'il n'est pas nécessaire, malgré cette demande, de m'envoyer des moutons par la poste. » Et aussitôt arriva la réponse de la fermière : « Mon cher enfant, je ne vous envoie pas deux moutons, mais deux louis ; d'ici à quelques jours vous en recevrez encore trois, si vous êtes toujours bien sage et charmant. » Voilà le poëte vaincu ; voilà une malice délicieuse, enjouée, spirituelle, qui le sauve. Peut-être que, ce jour-là, une couple de moutons l'eût réchauffé dans sa mansarde.

Quoique Moreau n'ait guère écrit qu'à ces deux personnes, il n'oubliait pas les autres qui étaient au pays. S'il s'adressait aux femmes, c'est parce qu'il trouvait là plus de tendresse qu'ailleurs ; mais, pour ne blesser personne, il mettait toujours au bas de ses lettres : « Il va de soi que la moitié de ces compliments s'adressent à ceux qui vous sont

chers; » *ou encore :* « *comme c'est vous, madame Guérard, qui m'envoyez mon linge, c'est votre nom qui tombe naturellement sur l'adresse de mes réponses; cependant mes lettres, cela va sans dire, s'adressent de moitié à M. Guérard, que je ne nomme pas.* » *Une autre fois, c'est un ami de Paris qui envoie son tailleur chez le poëte; aussitôt Moreau dut répondre :* « *Mon cher ami, votre tailleur est un grand homme; il a lu mes vers et il m'a dit :* « *Ah! poëte,*
« *vous aurez mille fois plus de talent avec le*
« *neuf qu'avec le vieux. Travaillez et voyez*
« *les journaux, vous me direz si j'ai pensé*
« *vrai. Je connais, monsieur, des pantins*
« *de vingt ans que j'habille à l'abonnement,*
« *qui n'ont ni cervelle, ni sou, ni maille (mais*
« *leurs parents payent pour eux) et qui posent*
« *comme des prodiges. Prônés, fêtés, choyés,*

« ils sont heureux. Ah! monsieur Moreau, « vous voilà habillé, soyez riche. » Eh bien! mon cher ami, votre tailleur a vu le mal, et il me semble si aimable, si pénétré, si intelligent, qu'il ne refusera pas d'accepter de moi un billet, si vous le cautionnez. Il me sera plus facile d'accepter ce service-là de vous maintenant, surtout que je suis un homme bien habillé, que de vous voir payer pour moi 115 francs tout au long et sur-le-champ. » A une lettre aussi délicate, on ne pouvait échapper. Aussi Moreau tint-il parole. J'ai sous les yeux le billet qu'il souscrivit et qu'il acquitta. On spécifie même « cinq francs de diminution sur la somme totale pour un exemplaire du « Myosotis. » C'était en avril 1838, et c'est Sainte-Marie Marcotte qui, encore ce jour-là, se porta caution pour le poëte.

Ce trait me ramènerait bien sur le carac-

tère d'Hégésippe Moreau, qui a été plusieurs fois mal compris. Mais il me dispense d'insister. J'ai réuni ailleurs, dans un livre[3] *que de hautes sympathies littéraires ont honoré, les éléments d'une légitime défense. Ici, je n'ai essayé de faire connaître le poëte que dans l'intimité de son cœur, et le conteur dans l'espiéglerie innocente et la naïveté souffrante de ses histoires. Je crois qu'on trouvera dans ces pages dont l'authenticité (j'en apporte les preuves) est irrécusable, des aperçus piquants et nouveaux sur les habitudes et le génie de l'écrivain. C'est un « Moreau inédit » qui vaut, sous la lumière où il faut le prendre, celui que l'on admire et que l'on aime. Ce « Moreau » est bien celui dont Pline le jeune eût écrit : « Il a fait des petits contes dans lesquels il raille, il badine, il est amoureux, il se plaint, il soupire, il se fâche. » Et c'est celui qu'il nous fallait. Aujourd'hui que les Muses pleurent les Gaulois, elles se consoleront peut-être sur tant de souvenirs. Cependant Hégésippe Moreau ne vivait pas avec ces libertinages naïfs et ces rêveries pures ; il s'élevait dans les régions plus hautes et plus sereines aux grands moments de l'existence ; il s'éleva surtout à la mort. C'était le 19 décembre 1838, il était minuit, l'infirmier passait avec sa lampe fumeuse au chevet des malades et faisait sa ronde. Arrivé au n° 12, il s'arrêta : le n° 12 râlait du râle des mourants. L'infirmier courut chercher une Ursuline qui arriva aussitôt. Ils demandèrent au poëte s'il souffrait beaucoup ; mais lui ne répondit pas : un sourire brilla sur ses lèvres pâles, et ce fut tout. Puis, comme on essayait de le dresser, il se tourna vers l'Ursuline en lui disant : « Ma sœur, ma sœur, laissez-moi dormir. »*

On le recoucha. Il avait les yeux purs et semblait regarder le firmament qui avait pris des étoiles cette nuit-là. Vingt minutes après on tira les rideaux sur Hégésippe Moreau. Il était mort, et voilà ce qui me fit écrire un jour sur le tombeau du poëte :

Moreau chanta les thyms et les abeilles,
Les soirs rêveurs et les soleils levants,
Et la Voulzie aux Ondines vermeilles;
Les peupliers balancés par les vents,
Les frais ruisseaux, les fauvettes timides...
Il n'avait pas songé, le pauvre enfant,
Que l'Hôpital avait ses Pyramides,
Son chant de gloire immense et triomphant!

C'est avec une piété attendrie que j'ai recueilli ces pages souffrantes de Moreau et ces cris navrants qu'il adressa à M. Alfred de Vigny : le nouveau Chatterton tenait levé sur son estomac vide

Le fer qui découpait le pain de ses repas
Et qui depuis trois jours, trois longs jours! ne sert [pas.

J'ai frémi en lisant ces vers d'Hégésippe Moreau, parce que j'ai appris, à la rude école par où il passa, que les Sainte-Marie Marcotte sont des épis d'or que les poëtes ne glanent pas tous les étés, et je crois que la Providence nous les donne quand il faut que le Beau proteste vis-à-vis de l'Égoïsme au nom de ses droits les plus divins. De cette existence et de cette œuvre inachevées, on doit tirer la conclusion que, pour dormir avec douceur sur un matelas d'hôpital, il ne faut jamais, dans sa vie, sacrifier que sur deux autels : la Reconnaissance et l'Honneur!

ARMAND LEBAILLY.

Fontenay-aux-Roses, mai 1863.

HÉGÉSIPPE MOREAU

ŒUVRES INÉDITES

UNE FEMME SENSIBLE

En 182..., florissait à la Ferté-Gaucher une veuve riche et jeune encore, nommée madame du Tillet. Cette dame était d'une beauté remarquable, et c'est beaucoup dire, car la petite ville que j'ai nommée jouit, dans le département de Seine-et-Marne, du privilége qu'avaient autrefois le comté de Perth, en Écosse et le royaume d'Yvetot, dans les Gaules ! En revanche, la nature prodigue là envers un sexe s'en est dédommagée, dit-on, en y maltraitant l'autre, et les habitants de la Ferté-Gaucher ont vulgairement la réputation d'être *ingénus*, *innocents* et *candides* j'emprunte par politesse cet euphémisme à M. Victor Hugo. Est-ce vérité? est-ce calomnie? je l'ignore. Quoi qu'il en soit, la dame en question dépensait à elle seule autant d'esprit que dix consommateurs indigènes, écrivait comme une femme de lettres de Paris, et de plus savait l'orthographe. J'obtins l'honneur d'être admis chez elle. Et voici à quel titre : j'étais alors à un âge où l'on fait des romances pour *madame la comtesse*, qui malheureusement est si *imposante !* et j'en avais composé une en l'honneur de madame du Tillet, sur l'air de *Femme sensible*. Si les paroles étaient mauvaises, comme le prétendirent alors mes ennemis politiques, en revanche, ils doivent avouer eux-mêmes que l'air ne pouvait être mieux choisi, car mon héroïne était douée, entre autres vertus, d'une sensibilité exquise et profonde. Il y avait chez elle de la sensibilité partout, dans son regard, dans son geste, dans la voix. Elle disait comme Fénelon : *Je meurs d'amitié*, et comme je ne sais plus qui à son vieil oncle goutteux : *J'ai mal à vos jambes*. Elle était riche, et si un malheureux eût réclamé ses secours, elle lui eût donné...; non elle ne lui eût rien donné..., elle se fût évanouie. Je lui communiquai une élégie de ma façon, pleine de religion et d'amour, suivant l'usage. Et comme tous les poëtes contemporains, je me plaignais à Jésus-Christ de n'avoir pas une ou deux maîtresses. Elle applaudit par des sanglots, ce qui me donna, comme vous pensez bien, une très-haute opinion de son goût. Une autre fois, nous lisions ensemble de fort beaux vers, où une demoiselle poëte ; en réponse à des détracteurs qui l'accusaient d'insensibilité, s'écriait · Oh ! s'il est un infortuné qui souffre et meure ici-bas sans secours,

> Nommez-le ; fallût-il en un désert affreux
> M'exiler avec lui, nommez ce malheureux
> Qui, sans espoir, succombe à sa douleur extrême,
> Que l'amour peut sauver, et vous verrez si j'aime.

« L'âme d'où ces vers ont jailli est bien la « sœur de la mienne, » dit la belle dame, en levant les yeux au ciel et en portant la main à son cœur.

Cette exclamation me troubla et éveilla en moi un vague et doux espoir, justifié d'ailleurs et nourri chaque jour par l'accueil bienveillant qu'on me faisait. La nuit suivante fut pour moi une nuit d'insomnie où je fis les plus beaux rêves les yeux ouverts. « Ah ! me disais-je, il faut avoir du malheur pour lui plaire ; eh bien ! il me semble que je suis en fonds. D'abord, je ne suis pas riche, je ne suis pas aimable, et voilà, je crois, dans le langage des hommes et dans celui des femmes, ce qui s'appelle être malheureux. Et puis, si le désert est de rigueur, ma petite chambre n'est-elle pas un *désert ?* (J'avais vendu mon chien et mes meubles la veille.) Je réunis donc, pour plaire à madame du Tillet, les deux conditions requises, *le désert* et *le malheur*. Espérons. »

J'espérai dès ce moment, et je fis la cour à la belle provinciale pendant un mois; un long mois se passa sans que j'obtinsse un aveu, même tacite. Et pourtant son regard, son geste, sa voix trahissaient la même sensibilité : « Oh ! cette femme doit aimer, me disais-je, palpitant de crainte et d'espérance; mais comment lui arracher son secret, comment attirer sur ses lèvres le nom qu'elle cache et caresse dans son cœur.» Et dès ce moment, pour éclaircir mes doutes, j'épiai la direction de ses regards et de ses soupirs.

Enfin, le hasard aidant, je réussis.

Comme la Parasina de lord Byron, madame du Tillet avait le malheur d'être somniloque; de plus, quand elle était seule, il lui arrivait souvent de se parler tout haut à elle-même. J'avais obtenu la permission de fouiller à loisir dans sa petite bibliothèque, et, pour y pénétrer, il fallait traverser le salon : Je l'y surpris un jour essayant une coiffure nouvelle devant une glace. Cette glace aurait dû me trahir, mais les coquettes méditations de ma dame et souveraine la préoccupaient si vivement qu'elle ne m'aperçut pas. Elle parlait, et je l'avoue, bien que la délicatesse la plus vulgaire m'ordonnât de révéler ma présence par le bruit de mes pas, l'espoir, la crainte......, « et je pense quelque diable aussi me poussant, » je me glissai dans un coin et je prêtai l'oreille : « Oh ! ce soir, disait la femme sensible, madame Thévenin aura beau faire, à moi seule tous les hommages, tous! autour de ma chaise tous les jeunes gens : Alfred , Gustave , Ernest , tous !... M. Daunier lui-même y viendra. »

Je frémis à ce nom comme à celui d'un

rival aimé. « Le vieux fat! poursuivit-elle. Il croit plaire à madame Thévenin qui se moque de lui. Au pis aller, ma foi, qu'elle le garde; je n'y tiens guère! il a beau se ruiner en madrigaux et en essences, je n'aime ni les parfums de ses vers ni ceux de sa chevelure. »

Puis, elle crut s'apercevoir qu'elle était plus pâle que de coutume : « Mon Dieu! serais-je indisposée, dit-elle, c'est étonnant, je ne m'en étais pas aperçue; » et, comme elle se retournait pour commander un lait de poule à sa femme de chambre :

« Vous étiez-là, monsieur, vous m'écoutiez, dit-elle. »

« Oui, madame, répondis-je; j'ai commis cette indiscrétion, et pardieu! je m'en félicite; depuis longtemps, j'ai cru deviner (et je n'avais pas tort!), que vous aimiez quelqu'un par-dessus tout et je mourais d'envie de connaître le nom de cette personne. Grâce au monologue que je viens d'entendre, je le sais maintenant : adieu! »

Il va sans dire que dès lors tous mes châteaux en Espagne croulèrent, et que je n'épousai pas madame du Tillet le moins du monde [1].

LA DAME DE CŒUR

C'est un modèle d'esprit, de grâce et de bonté que ma petite chienne *Mignonnette*. Je l'ai appelée ainsi en mémoire de Mignon, cette délicieuse création poétique que vous savez; Mignon, enfant volée par un bohémien, qui la faisait danser à coups de bâton sur les œufs et sur la corde. C'est que ma petite chienne aussi, avant de m'appartenir, avait couru le monde avec des bateleurs, l'infortunée! Eh bien! je fus un jour aussi cruel que le bohémien ; un jour il m'arriva de battre

Mignonnette... Oh ! c'est qu'alors j'étais fou de mes amours, fou de misère et d'orgueil, fou de mes dix-sept ans, si fou que je faillis deux fois me faire tuer de grand cœur pour des niaiseries. La première de ses niaiseries, je m'en souviens, était un petit cotillon que j'avais vu danser à la Chaumière; la seconde, j'en ris encore quand j'y pense, était une guenille blanche, bleue et rouge qu'on promenait dans la rue au bout d'une perche ; j'ai oublié pourquoi.

Un jour surtout, jour néfaste de ma vie, il y aurait eu plaisir pour un observateur en quête d'un ridicule à me voir marcher de long en large dans une allée déserte du Luxembourg, riant, pleurant, gesticulant et murmurant : « Elle se fâchera de ma déclaration ! oh oui ! bien sûr, elle s'en fâchera, les derniers vers sont trop régence :

Heureux qui, le soir, au théâtre,
Va grossir la foule idolâtre
Que tes appas charment de loin ;
Mais heureux cent fois davantage

L'amant qui pourrait, sans témoin,
T'en montrer le prix et l'usage...
S'il en était encor besoin.

Oh! je vois ici ses grands yeux noirs flamber de colère.... Eh bien!... ma foi! tant mieux! j'entrerai bon gré malgré chez elle.... Elle me donnera des soufflets.... et ce sera charmant.

—Monsieur, sauf votre respect vous avez pour le quart d'heure quelque chose qui vous chiffonne.

C'était un vieux bonhomme déguenillé qui m'adressait cette observation.

—Oui, répondis-je, j'ai le cœur tant soit peu chiffonné : vous avez deviné juste.

—C'est mon métier, monsieur, je suis le devin du Montparnasse... pour vous servir si j'en étais capable. Je dis la bonne aventure; j'explique les secrets du grand et du petit Albert; j'enseigne le moyen de se rendre invisible et de découvrir des trésors : ça ne coûte que deux sous.

—Va pour l'anneau de Gygès, dis-je gaiement en jetant dix centimes dans le chapeau du sorcier (chapeau, par parenthèse, luisant comme un astre, et glorieusement troué comme un drapeau d'Austerlitz). Maïs, pour que j'aie foi, dans vos promesses, si vous me donniez, maître, un gage de votre savoir? Avant de me parler de l'avenir, si vous me diziez quelques mots du passé ?

—La chose est facile, répondit le commentateur obscur de l'illustre docteur Albert.

Étalant les cartes sur un piédestal, veuf de sa statue :

—Monsieur, me dit-il, après les avoir consultées, il est évident que vous adorez les marionnettes, et que vous détestez les commissaires.

—Maître, repris-je, vous n'avez pas eu, entre nous, beaucoup de peine à deviner cela. Il y a là-bas certaine baraque de bateleurs devant laquelle vous avez pu me voir, comme tout le monde, faire éclater une grande admiration pour les prouesses de Polichinelle, et ma grande joie quand il assomme le commissaire.

Le devin poursuivit sans se déconcerter :

—Vous êtes républicain et amoureux.

— Maître, vous devez savoir que dans le Pays Latin où j'ai droit de bourgeoisie, je m'en vante, tout le monde est amoureux et républicain à la rage : c'est l'effet du climat, comme dirait Shakspeare,

— Je puis, monsieur, si vous le désirez, vous donner le signalement de votre objet.

—Quel objet!

—Dame! puisque vous êtes amoureux.

—Ah ! c'est juste. Pardon, je n'avais pas compris d'abord; voyons, parlez-moi de cet objet.

—La particulière,monsieur,est très-petite, très-brune, très-pâle et très-sage.

Pour le coup, je perdis l'envie de plaisanter, car la particulière était exactement tout cela.

—Et où se trouve-t-elle en ce moment ?

—Pas très-loin d'ici.

Je me rappelai, en effet, que c'était le jour de répétition au théâtre voisin. Oh! alors, je revins complétement de mes préventions contre la sorcellerie en plein vent, et parodiant sans penser à mal une scène de *Henri III*, la pièce en vogue :

—Mon père, mon père, dis-je au Ruggieri déguenillé, j'ai là cinquante-quatre sous dans ma bourse, tout cet or est à vous!!! mais de grâce, encore un mot : dois-je espérer ou mourir?

Il battit ses cartes, les retourna dans tous les sens, puis prononça ces paroles cabalistiques : *Les cartes sont bonnes; la dame de cœur a la tête en bas : espérez!!!*

Je jetai ma bourse au vieillard avec une grâce qu'eût enviée un Almaviva de la salle Chantereine. Mais le sphinx, ne quittant pas son piédestal :

—Monsieur, monsieur, me cria-t-il, en jetant un dernier coup d'œil sur ses cartes, courez vite chez vous, quelqu'un vous attend.

—Ah! diable! pas de quiproquo, dis-je en revenant sur mes pas. Si ce sont des créanciers qui m'attendent, je ne vois pas la nécessité de courir si fort ; à moins toutefois que je ne trouve en chemin quelques-uns de ces trésors que vous faites découvrir à vos amis, ou que vous ne me passiez à l'instant la bague qui rend invisible.

—Ce ne sont pas des tailleurs ni des bottiers, monsieur. C'est une personne du sexe.

—Ma vieille blanchisseuse, je parie?

—Non, monsieur, *la dame de cœur a la tête en bas :* votre visite est une actrice.

Je courus comme un fou du côté de la rue Saint-Jacques. Comment, répétais-je dans le délire de la joie, elle! mon admiration et mes amours! elle! mon Ophélia, ma Paola, mon Chérubin! seule chez moi! chez moi, qu'elle ne connaît que de ce matin par un madrigal (et quel madrigal, bon Dieu!) oh! non! c'est impossible.

Et pourtant j'espérais. Le magicien du Montparnasse m'avait ensorcelé comme il ensorcelle la jeunesse naïve et guerrière, à qui dit-on il promet, de temps immémorial, les sourires d'une princesse à la parade. Et puis, cette dame de cœur ne me sortait pas de la tête et me causait des éblouissements.

— Je frappai en tremblant au carreau de ma portière, la respectable madame Cruchon.

—Monsieur, me dit-elle avec un air mystérieux et avec un sourire, montez chez vous, on vous attend.

—Je sais... je sais, répondis-je en balbutiant, foudroyé que j'étais par le bonheur.

—Tiens! vous le saviez! On m'avait pourtant dit que c'était une surprise qu'on vous ménageait. C'est moi qui lui ai porté à dîner, monsieur, après quoi je l'ai couchée sur votre lit. Elle est bien gentille, allez!

—Dieu de Dieu, à qui le dites-vous!

—Je ne l'ai pas déshabillée; j'ai bien fait, n'est-ce pas? j'ai pensé que vous aimeriez autant la déshabiller vous-même.

— Oh ! vous avez une profonde expérience du cœur humain, madame Cruchon.

Et me hâtant d'échapper au bavardage de la bonne vieille, je m'élançai vers l'escalier. Je m'aperçus alors que la montée était bien rude, la rampe bien poudreuse, les corridors bien noirs ! « Pauvre ange, dis-je en soupirant, puisque tu n'as pas d'ailes, si tu viens encore, avertis-moi d'avance et je te porterai. » Enfin, je grimpai jusqu'à ma porte, et je m'arrêtai là, inquiet et palpitant.

Mon inexpérience d'écolier, de provincial (et de provincial champenois, qui pis est) me revint en mémoire, et j'eus peur : « Annibal, me disais-je, tu sais vaincre, mais sauras-tu bien profiter de ta victoire? » Il fallut pourtant me décider, et j'ouvris... Hélas ! malédiction ! damnation ! enfer ! j'avais été dupe d'une mystification : ma petite chambre était vide.

Un doux grognement répondit à mes jurements romantiques : c'était Mignonnette réveillée, qui, sautant à bas du lit, se dressait devant moi sur ses pattes de derrière, coiffée d'une toque de velours noir, vêtue d'une veste d'écarlate, sans manches, à la manière orientale, et remuant la queue sous une robe de soie et de paillettes. Une lettre qu'elle portait dans sa gueule m'expliqua tout le mystère. Cette lettre était d'un de mes amis, qui, connaissant ma passion pour les chiens et les spectacles, avait acheté, pour m'en faire cadeau, cette chienne artiste au directeur d'un théâtre forain. Mignonnette était bien une personne du sexe; Mignonnette était bien une actrice, et la prédiction du sorcier était accomplie; mais de quelle manière, hélas! Le dépit me rendit injuste et cruel un instant, et je battis le pauvre animal. Puis, quoiqu'il fût bien tard, je courus à l'Odéon, où j'arrivai encore assez à temps pour voir tomber avec grâce, sous le poignard d'Othello, ma dame de cœur qui s'appelait, ce soir-là,... Desdémone [5].

M. SCRIBE A L'ACADÉMIE

Depuis le jour de son élection jusqu'à celui de son admission, M. Scribe a eu environ quinze ou dix-huit mois pour préparer son discours. L'Académie s'est mise sur le pied d'accorder ce délai oratoire à ses récipiendaires.

Jeudi dernier, donc, jour de la réception de M. Scribe, l'Académie avait vu affluer chez elle le public habituel des premières représentations. Les artistes dramatiques étaient là aussi en grand nombre. Ligier, Léontine,

Volnys, M. et madame Allan-Dorval, mademoiselle Mars, Samson, mademoiselle Noblet et tous ceux et toutes celles qui avaient été si souvent les interprètes du talent de Scribe, assistaient à son intronisation et battaient des mains à son immortalité.

Les tribunes regorgeaient de gens de lettres, de romanciers, d'auteurs, de journalistes, de poëtes.

On voyait surgir, au milieu de la foule, la tête échevelée de M. de Balzac, la tête désordonnée de M. Gustave Planche, la tête mélancolique de M. Ballanche, la tête blonde de M. Alfred de Musset, la tête brune de M. Alexandre Dumas, la tête grise de M. Bayard, la tête boursouflée de M. Janin, la tête osseuse de M. Alphonse Karr, la tête massive de M. Eugène Sue, la tête pâle de M. Victor Hugo, la tête expressive de M. Méry, la tête aiguë de M. Mélesville, la tête élégante de M. Roger de Beauvoir, la tête épigrammatique de M. Paul de Vermond, la tête jaune de M. Antony Deschamps, la tête chiffonnée de M. Paul Foucher, la tête chauve de M. Étienne Bequet, la tête rêveuse de M. Alfred de Vigny, la tête vigoureuse de M. Frédéric Soulié, la tête critique de M. Sainte-Beuve, et autres têtes célèbres qui se couronneront à leur tour de l'auréole de l'Académie.

La curiosité la plus vive se manifestait de toutes parts pour le récipiendaire et son discours. M. Scribe n'a pas répondu à ce qu'on attendait de lui. Il a débuté humblement; puis, après quelques paragraphes d'éloges à la mémoire de son prédécesseur Arnault, il est arrivé, par une brusque transition, à la partie principale et féconde de son sujet.

M. Scribe, se considérant comme l'élu du couplet, a fait l'éloge de la chanson. Ce texte si rebattu n'a pas été traité d'une manière neuve par le vaudevilliste; il a été commun et faible. Quand il a eu dit, le public a été tenté de demander le nom des auteurs.

D'abord M. Scribe s'est trompé, s'il a cru

que l'Académie voulait introniser en lui la chanson; M. Scribe n'est pas chansonnier, il est vaudevilliste, voilà tout, et coupletier au plus. La chanson est représentée en France par un nommé Béranger, dont M. Scribe a dit à peine deux mots dans sa longue dissertation sur les chansonniers français.

On a blâmé surtout la surabondance de strophes indiscrètement citées, dont M. Scribe a saupoudré sa prose; un homme d'esprit disait à ce sujet que M. Scribe avait oublié d'amener les violons. Il est certain que son discours était de ceux qui ne peuvent guère se débiter sans accompagnement.

M. Scribe aurait dû être plus digne, plus grave, et songer qu'il était à l'Académie non pour les vaudevilles et les pointes qu'il a faits en nombreuse compagnie, non pour *l'Ours et le Pacha*, mais pour *Bertrand et Raton*.

Le second acte de la cérémonie appartenait à M. Villemain, qui a répondu au récipiendaire avec sa faconde ordinaire; puis le rideau s'est baissé.

Incessamment, la représentation de M. de Salvandy[6].

JEANNE D'ARC

Les progrès de l'invasion anglaise au xve siècle furent chez nous, rapides et terribles. L'invasion, ma sœur, si vous ne comprenez pas ce mot, interrogez vos sœurs aînées, elles vous diront les figures étranges qu'elles virent passer deux fois devant leur berceau, l'incendie à l'horizon, le bruit du canon dans l'air, les hommes qui partaient beaux et fiers, puis revenaient sanglants et pâles, et les pauvres mères qui pleuraient : tout cela, c'est l'invasion ! [7].

En 1420, Isabeau de Bavière, femme alors et bientôt veuve de Charles VI, appuyant je ne sais quels droits qu'Henry V, roi d'Angleterre, réclamait sur le royaume de France, attira les Anglais à Paris. Le souverain légitime, appelé par dérision *le roi de Bourges*, parce que le Berry seul lui restait fidèle, fuyait, déshérité, volé, poursuivi par sa mère... par sa mère! car tous les historiens sont là qui déposent de ce fait inouï, et il faut bien se résigner à le croire...

—Que faire et qu'espérer maintenant? se disait à part lui, Robert de Baudricourt, gouverneur de Vaucouleurs en Champagne, qui, par une blessure exilé des camps dans son château, gémissait de ne pouvoir plus combattre pour son pays et pour son roi. Assis en ce moment dans un grand fauteuil seigneurial, il venait de lire et froissait en sa main un passage qui confirmait la nouvelle de nos derniers désastres. « C'en est fait du beau royaume de France! soupirait-il, à moins qu'un ange du ciel n'en tombe exprès pour nous sauver, mais quand viendra-t-il? où est-il?

—Tout près de vous, monseigneur, dit un jeune page qui se tenait appuyé derrière le fauteuil du sire de Baudricourt.

Il se retourna, et vit une belle jeune fille qui venait d'entrer accompagnée d'un pauvre vieillard.

—Messieurs, je suis Jeanne, bergère à Domrémy.

Or, sachez que Dieu m'a fait savoir et commander que j'allasse devant le gentil Dauphin, qui doit être, et est vrai roi de France, et qu'il me baillast des gens d'armes, et que je lèverais le siége d'Orléans, et que je le mènerais sacrer à Reims. Peut-être n'aurez vous cure de moi ni de mes paroles, et pourtant il faut que je sois devant le roi avant la mi-carême , dussé-je user mes jambes jusqu'aux genoux pour m'y rendre; car personne, ni roi, ni duc, ni fille de roi ne peut relever le royaume de France. Il n'y a de secours qu'en moi,—si pourtant aimerais mieux rester à filer près de ma pauvre mère, car ce n'est pas là mon ouvrage, mais il faut que j'aille et que je le fasse, car mon seigneur le veut.

—Et quel est votre seigneur? dit le gentilhomme.

—C'est Dieu, répliqua-t-elle.

Robert de Baudricourt examina la jeune fille avec attention, interrogea et parut émerveillé de la justesse et de la candeur de ses réponses.

Quelques jours après, Jeanne, sous un habit et un chaperon d'homme, accompagnée de Louis Imerguet, jeune gentilhomme qu'on lui avait donné pour la servir, faisait piaffer avec tant d'adresse et de grâce son cheval dans la cour du château qu'on ne pouvait distinguer qu'avec peine lequel des deux cavaliers était le page ou la bergère.

Pour aller de Vaucouleurs à Chinon, où se trouvait alors le roi Charles VII, il fallait traverser une longue étendue de pays, occupée par les Anglais, mais Dieu bénit ce voyage aventureux, et bientôt la bergère fut en présence du roi. Pour mettre à l'épreuve le don de prophétie qu'elle prétendait avoir reçu, Charles VII s'était confondu au milieu de ses gentilhommes, mais écartant la foule, Jeanne alla droit à lui sans hésiter, lui répéta ce qu'elle avait annoncé au sire de Baudricourt, et, pour persuader le roi de sa mission, elle envoya chercher une épée qui était dans le tombeau d'un chevalier derrière le grand autel de l'église Sainte-Catherine de Frébois. Sur la lame de cette épée, dit-elle, il doit y avoir des croix et des fleurs de lis gravées. Et le roi publia qu'elle avait deviné ce grand secret qui n'était connu que de lui seul.

Les théologiens, les légistes lui firent subir à Chinon d'abord, puis à Poitiers et à Blois, où elle fut conduite quelque temps après, de longs interrogatoires sur l'authenticité de sa mission divine. Tous l'abordaient pleins de doute et de défiance et la quittaient touchés et convaincus. Un carme lui demandant un signe de sa mission : « Vous l'aurez bientôt, dit-elle, par la levée du siége d'Orléans. » Ce qui contribuait beaucoup à inspirer de la confiance dans les paroles de Jeanne, c'est que, suivant une prophétie de l'enchanteur Merlin, le royaume de France devait être sauvé par une bergère sortie, dit le texte magique, du *Bois Chevelu;* or il existe une forêt de ce nom auprès de Domrémy.

Le siége d'Orléans par les Anglais attirait alors tous les regards. Cet épisode de la guerre avait soulevé, dans les cœurs français, quelque chose de plus amer que l'indignation naturelle aux victimes d'une invasion. Le duc de la ville assiégée avait été fait prisonnier par les Turcs à la bataille de Nicopolis. Livré par les vainqueurs aux Anglais, et prisonnier à Londres depuis cette époque, il avait fait observer au duc de Glocester, régent d'Angleterre, qu'il y aurait lâcheté et félonie à attaquer des domaines dont le seigneur n'était pas là pour les défendre. A cette réclamation naturelle, suivant les idées chevaleresques de l'époque, le régent répondit par la promesse solennelle de faire respecter les États du captif; et cependant les Anglais pressaient le siége d'Orléans d'après les ordres de Bedfort, régent de France pour l'Angleterre et sous le commandement immédiat de Talbot, l'un des plus braves et des plus habiles capitaines de l'armée anglaise. Ce manque de foi avait fait bondir d'indignation le duc de Bourgogne lui-même, et se jeter dans les rangs français, où le repentir le ramena plus tard. Orléans se défendait bien. Les habitants, pour concentrer leurs forces et leur désespoir dans les murs, et pour ne pas laisser à l'ennemi des bivouacs à leurs portes, avaient abattu les faubourgs, si grands alors, que, liés en un faisceau au lieu de s'éparpiller dans la campagne, ils eussent présenté une masse aussi imposante que la ville même.

Vingt-six églises avaient disparu, enveloppées dans cette large destruction, et entre autres celle de Saint-Aignan, monument remarquable de l'art gothique récemment transplanté dans le Nord par les croisés; mais les assiégeants avaient dans les murs un terrible auxiliaire..., la famine!

Ce fut alors et pendant les préparatifs d'un convoi de vivres qu'on voulait par ruse ou par force jeter dans la place aux abois, que Jeanne écrivit et envoya, par un héraut, aux chefs anglais, une lettre que nous reproduisons fidèlement :

« Jesus, Maria!

« Roi d'Angleterre, rendez à Jeanne les « clefs de toutes les bonnes villes que vous « avez enfoncées; car elle est venue de la « part de Dieu! Archers, compagnons d'armes « gentils et vaillants qui êtes devant Orléans, « allez vous en en votre pays, de par Dieu! « et si ne faites donnez-vous garde de la bergère. Ne prenez mie votre opinion que

« vous tiendrez France du roi du ciel, fils
« de sainte Marie; mais la tiendra le roi
« Charles, vrai héritier, qui entrera à Paris
« en belle compagnie. Si vous ne croyez les
« nouvelles de Dieu, en quelque lieu que
« vous trouverons, nous férirons dedans à
« horions, et si verrez lesquels auront meil-
« leurs droits de Dieu ou de vous. Jeanne
« vous requiert que vous ne fassiez mie dé-
« truire. Si vous ne lui faites raison, elle
« fera tant que les Français feront le plus
« beau fait qui oncques fut fait en la chré-
« tienté.

» Écrit le mardi de la grande semaine. »

Le message portait cette suscription :

« *Entendez les nouvelles de Dieu!* au duc de Bedfort, qui se dit régent du royaume de France pour le roi d'Angleterre. »

Quelques jours après, Jeanne d'Arc parut donner un gage de sa mission et de sa puissance en faisant pénétrer à travers les lignes anglaises le convoi dans la ville affamée et, chose merveilleuse! elle y fit son entrée solennelle, sans que les ennemis qui, retranchés dans leurs bastilles, cernaient la ville sur presque tous les points, eussent le pouvoir ou l'envie de s'opposer à son passage. Dans toutes les églises debout encore, les cloches sonnèrent à grande volée; las d'avoir pleuré si longtemps à la lueur de l'incendie, le pauvre peuple dansa devant des feux de joie.

Les premiers exploits de Jeanne inspiraient tant de confiance dans l'avenir que la ville, disent les chroniques du temps, se regardait déjà comme désassiégée.

C'était surtout dans la rue où la bergère devait passer qu'il y avait grand bruit et grande foule. Attention! voici une lourde avant-garde à cheval qui fend à grand'peine, et à la nage, les vagues noires du populaire; puis deux hérauts d'armes proclamant d'une voix sonore les nouvelles de Dieu; puis enfin, Jeanne!... On peut la contempler à loisir, car elle n'a ni casque ni visière, mais seulement un chaperon sur lequel se balance une petite plume. Elle porte une cotte de mailles et s'avance lentement, ses yeux levés au ciel, comme pour y renvoyer les bruyantes acclamations qui la saluent. A sa droite, est Jean d'Orléans, comte de Dunois et de Longueville, grand chambellan de France, surnommé depuis le *Victorieux* et le *Triomphateur*, qui, aidé de Jeanne, remit en sa splendeur le royaume de France, et dont Valentine de Milan, sa belle-mère, avait coutume de dire, que, de tous ses enfants, il n'y avait que Dunois qui fût capable de venger la mort du duc d'Orléans. En ce moment, la joie du brave Dunois était grande, car cette ville qui le recevait avec des acclamations, il avait médité de la réduire en cendres plutôt que de l'abandonner aux Anglais. A sa gauche est Lahire; et c'est ainsi que Jeanne marcha depuis dans les combats qu'elle eut à traverser. Alors dès qu'un danger se présentait, deux larges boucliers se déployaient sur sa tête, comme, quand vient l'orage, se déploient les ailes de l'oiseau sur sa couvée; et en même temps deux longues épées s'allongaient pour repousser l'épée anglaise, et lorsque Jeanne se retournait pour reconnaître et bénir ses sauveurs, elle était sûre de rencontrer derrière elle la belle et pâle figure de Dunois et la grosse face insouciante et rieuse de Lahire.

Et pourtant, dit-on, elle se prit plus d'une fois de querelle avec eux; quand le courage de Dunois l'égarait dans les périls plus en avant qu'il ne convient à un prince et à un chef d'armée : « Monseigneur, monseigneur, lui disait-elle en souriant, prenez-y garde, si cela vous arrive, je vous ferai couper la tête. » Les différends avec Lahire étaient plus graves; cet homme de guerre, rude et inculte, mâchait toujours, par habitude et presque malgré lui, quelque juron entre ses dents. *Je renie Dieu* surtout revenait dans chacune de ses phrases, ce dont Jeanne s'indignait et s'attristait jusqu'aux larmes. Pour se venger des remontrances de la pieuse jeune fille, le brave Lahire, dont l'esprit n'était pas à beaucoup près aussi fin que l'acier de son épée, répétait souvent tandis qu'il chevauchait à côté d'elle, son bâton de commandement à la main : Jeanne... je *renie mon bâton!* Ce qui ne l'empêchait pas d'être au fond un excellent chrétien, témoin sa prière au moment de charger l'ennemi à la bataille de Verneuil : « Mon Dieu, fais aujourd'hui pour Lahire ce que tu voudrais qu'il fît pour toi si tu étais Lahire et qu'il fût Dieu! » *Et il cuidait fort bien prier et dire,* ajoute le naïf chroniqueur. Ce troisième personnage en froc et capuchon qui vient derrière eux sur un mulet à l'amble, et abandonnant les pans de sa robe au peuple qui la baise avec respect, c'est l'aumônier de Jeanne d'Arc, frère Paquerel ; à ses côtés est un carme de la province de Bretagne appelé Thomas Connecte, célèbre par sa vie austère et ses prédications contre les *hennins* « bonnets de la longueur d'une aune, aigus comme clochers, desquels dépendent par derrière de longs crêpes à riches franges comme étendards; » coiffures monstrueuses, d'invention nouvelle, que les nobles dames portaient pour se distinguer des femmes du petit état, signe d'orgueil et de coquetterie que le saint homme condamnait au feu sans pitié et dont il fait un auto-da-fé dans toutes les villes où il prêcha. « Mais après son partement, dit le chroniqueur, les dames relèvent leurs pointes et font comme les limaçons, lesquels quand ils entendent quelque bruit, retirent tout bonnement leurs cornes, ensuite le bruit passé, soudain ils les relèvent plus grandes que devant. » Derrière Jeanne, flotte son étendard dont les plis retombent sur son chaperon et jouent avec son panache.

Cette bannière, portée par Imergüet, es blanche, semée de fleurs de lis, on y voit figuré le Christ assis en son tribunal dans les nuées du ciel, et tenant un globe à la main. Deux anges, dont l'un porte une branche de lis, sont à ses pieds en adoration, et de l'autre côté brillent, brodés en or, les noms de *Jhesus, Maria*. Le cortége se dirige ainsi lentement, à travers la foule et les acclamations, vers l'église, où retentit bientôt un *Te Deum*.

Dès le lendemain, Jeanne voulut répéter de vive voix, aux ennemis, les avertissements qu'elle leur avait donnés dans sa lettre. Montant sur un des boulevards des assiégés, en face de la bastille anglaise des Tournelles, elle leur commanda de s'en aller; « sinon, ajouta-t-elle, il vous adviendra honte et malheur. » Guillaume Gladesdale, qui commandait en ce lieu, ne répondit à Jeanne que par de vilaines injures, et quelques jours après, suivant la menace prophétique, il advint malheur à l'Anglais. D'abord, un nouveau convoi, sous la conduite de Jeanne, passa devant Gladesdale, sans qu'il pût s'y opposer; plus tard le pied lui glissa sur un pont qu'il défendait, et comme poussé par une main invisible, le blasphémateur se noya dans la Loire.

Quelque temps après, un soir, encouragés par leurs premiers succès, des hommes d'armes, sans avoir consulté leurs chefs, firent une sortie contre une bastille; Jeanne, qui dormait alors, accablée de fatigue, s'éveilla en sursaut sans qu'on l'eût avertie. « Ah! méchant garçon, dit-elle à son page qu'elle trouva jouant sur la porte, vous ne me disiez pas que le sang français est répandu! Allons, vite, mon cheval!

Aussitôt qu'elle parut, la victoire se décida pour les Français; une foule d'Anglais périrent, et ceux qui échappèrent à la mort ne le durent qu'à la protection de Jeanne. Chaque boulevard fut pris ainsi tour à tour, et partout elle eut une large part dans le succès; partout elle s'exposa comme un homme dans le combat, ne redevenant femme qu'après la victoire, pour prier, sauver les prisonniers et panser leurs blessures. A la deuxième affaire, qui fut la plus chaude et la plus sanglante, elle eut le cou percé d'une flèche, et pleurait, la pauvre fille : « Monseigneur, dit-elle à Dunois, sauriez-vous pas des paroles pour adoucir les blessures? — Oui, répondit-il, j'en sais qui en ont guéri de plus profondes. » En parlant ainsi, le guerrier indiquait de la main sa poitrine, puis, se penchant sur son cheval, il souffla ces trois mots à l'oreille de Jeanne : *Dieu, honneur et patrie.* « Oh! vous êtes un grand clerc, dit-elle; il me semble que je n'ai plus de mal! » et bientôt elle put entendre le cri des chariots de l'armée anglaise qui s'en allait : le siége d'Orléans était levé !

Nous ne dirons rien de la bataille de Patay, de la prise de Jargeau et de Troyes, grands événements militaires qui précédèrent le sacre de Reims, et où Jeanne, comme partout, veilla et conduisit les Français sous son étendard. La répétition de tous les coups d'épée qu'on échange, de tous les flots de sang qui coulent, n'aurait pas été pour vous, ma sœur, un spectacle attrayant, et Jeanne d'Arc elle-même avait hâte d'en détourner les yeux.

Plus tard, comme elle insistait auprès du roi Charles VII, pour qu'il allât se faire sacrer à Reims, s'apercevant qu'il hésitait à suivre ses conseils : « Je ne durerai qu'un an ou guère plus, dit-elle, il me faut donc bien l'employer. »

Pendant la cérémonie, elle se tint près de l'autel, sa bannière à la main ; après le sacre, elle se jeta à genoux devant le roi et lui baisa les pieds en pleurant : « Gentil roi, dit-elle, il est exécuté le plaisir de Dieu qui voulait que vous vinssiez à Reims recevoir votre digne sacre pour montrer que vous êtes vrai roi de France. »

Par reconnaissance, le roi anoblit Jeanne d'Arc, son père, ses trois frères et tous leurs descendants, même par filles, changea le nom de leur race qui était d'Arc en celui de Lis, et leur donna pour armes un écu d'azur à l'épée mise en pal, ayant la croisée et le pommeau d'or, accostée de deux fleurs de lis soutenant une couronne de même sur sa pointe.

« J'ai accompli, disait-elle à Dunois, ce

que Dieu m'a ordonné ; je voudrais bien maintenant retourner auprès de mes père et mère qui auraient tant de joie à me revoir. Je garderais leurs brebis et leur bétail, et ferais ce que j'avais coutume de faire. Et, dans le dessein de retourner bientôt à Vaucouleurs, elle suspendit son armure blanche au tombeau de saint Denis.

Cependant, les seigneurs dont elle marchait environnée firent auprès d'elle tant d'instances qu'elle consentit enfin à ne pas quitter l'armée; mais, depuis ce moment, de tristes pressentiments la poursuivirent. Un jour même, dit-on, après avoir communié à l'église Saint-Jacques de Compiègne, elle s'appuya tristement contre un des piliers et dit à plusieurs habitants et à un grand nombre d'enfants qui se trouvaient là : « Ah ! mes bons amis et chers enfants, je vous le dis avec assurance, je serai bientôt livrée à la mort. — Priez Dieu pour moi, je vous en supplie, car je ne pourrai plus servir mon roi, ni le noble royaume de France. »

Ces tristes prévisions ne furent que trop tôt justifiées. En effet, Jeanne d'Arc ayant rempli la mission que Dieu lui avait confiée, Dieu ne pouvait plus rien pour elle, et quelques jours après, au siége de Compiègne par les Bourguignons, Jeanne fut prise dans une sortie, puis vendue aux Anglais qui la conduisirent à Rouen, où leur jeune roi Henri III tenait sa cour. Là, on fit forger une cage de fer dans la grande tour du château, et on y mit la sainte fille avec des chaînes aux pieds. Pour se venger de celle qui avait annoncé et consommé leur ruine, et pour décrier la cause du roi, en montrant au peuple que la victoire de Charles VII était l'œuvre de la sorcellerie, les Anglais pressèrent l'inquisition de mettre Jeanne en jugement. Or, promesses, menaces, ils n'épargnèrent rien pour atteindre leur but et réussirent. Nous n'entrerons pas dans les détails de ce hideux procès, où furent violées toutes les formes et où le bon sens eut à gémir autant que la justice. Ceux qui trempèrent le plus avant dans cette iniquité, furent Estévet, chanoine de Rouen, Cauchon, évêque de Beauvais, deux noms voués pour toujours à l'exécration des siècles. On ne rougit pas de donner à l'accusée pour confesseur dans sa prison un mauvais prêtre, qui, pendant les interrogatoires qu'elle eut à subir, souffla constamment à cette pauvre fille ignorante et simple des réponses qui devaient la perdre. Plusieurs fois, cependant, sa parole naïve et touchante, faillit renverser des accusations laborieusement combinées.

—Vous croyez en la grâce de Dieu, lui demandait-on.

—C'est une grande chose que de répondre à cette question, si je n'y suis, Dieu veuille m'y recevoir! et si j'y suis, Dieu veuille m'y garder.

—Pourquoi portiez vous un étendard aux combats?

—Je le portais en guise de lance pour éviter de tuer quelqu'un : je n'ai jamais tué personne.

—Quelle vertu supposiez-vous en cette bannière pour expliquer vos succès ?

—Je disais aux soldats : Entrez hardiment parmi les Anglais, et j'y entrais moi-même.

—Pourquoi la portiez-vous au sacre de Reims !

—Elle avait été à l'épreuve, c'était raison qu'elle fût à l'honneur.

Comme un prédicateur, qui la sommait d'avouer ses crimes, se répandait en invectives contre le roi Charles VII : « Parlez-moi, non pas du roi, dit-elle, en l'interrompant, car j'ose bien dire et jurer sous peine de la vie que c'est le plus noble d'entre les chrétiens. » Enfin, on la force, par menace et par violence à signer une abjuration dont elle ignorait le contenu, et alors les inquisiteurs prononcèrent une sentence par laquelle ils la condamnaient à passer le reste de ses jours au pain de douleurs et à l'eau d'angoisse. Et comme les Anglais indignés de cette sentence qui leur semblait trop douce, tiraient leurs épées et menaçaient les juges : « N'ayez pas de souci, dit l'un d'eux, nous la retrouverons bien. » Et, en effet, une nouvelle condamnation ne tarda pas à remplacer la première. Voici sous quel prétexte : Jeanne avait repris l'habit de femme, car on lui imputait à crime l'habitude contractée dans les camps de se vêtir en chevalier. Pour lui faire violer sa promesse, on lui enleva pendant son sommeil, les vêtements de son sexe, et on y substitua des habits d'homme. Quand elle voulut se lever, il lui fallut bien se vêtir de ces habits. Elle fut surprise par des espions apostés, jugée de nouveau sur leur témoignage, et condamnée au feu comme sorcière, séductrice, hérétique et ayant forfait à son honneur.

Le 30 mars 1431, Jeanne monta dans la charrette du bourreau : huit cents Anglais armés de toutes pièces lui servaient d'escorte. Tout à coup, un homme s'élança vers elle à travers la foule et lui baisa les pieds en pleurant : c'était son faux confesseur, qui, repentant de sa perfidie, venait lui en demander pardon. Arrivée au pied du bûcher, elle recommanda son âme à Dieu et à la sainte Vierge, et demanda une croix. Un spectateur en fit une de deux bâtons et la lui donna. Mais bientôt un cri d'impatience se fit entendre parmi les Anglais. Alors, interrompant les prières de la victime, le bourreau la saisit et l'entraîna sur le bûcher. Quand elle vit le feu s'allumer : « Tenez-vous en bas, dit-elle à son confesseur, levez la croix devant moi, que je la voie en mourant, et dites-moi de pieuses paroles jusqu'à la fin. »

On l'entendit prier longtemps encore à travers les flammes, et le dernier mot qu'on put distinguer fut : Jésus !

—Nous sommes perdus, s'écriaient les Anglais : on vient de brûler une sainte ! On trouva son cœur tout entier dans les cendres. — Et quelqu'un prétendit même avoir vu l'âme de Jeanne d'Arc s'envoler vers le ciel sous la forme d'une colombe.

Il y allait de l'honneur de la France et du

roi de justifier la mémoire de cette fille héroïque. Charles VII voulut que ses parents demandassent des juges. Le pape Calixte III fit assembler les évêques à Rouen; l'innocence de Jeanne fut reconnue, et le procès lacéré et brûlé. Il ne fut pas besoin de rien ordonnancer contre les faux juges : la plupart périrent d'une mort subite ou infâme : juste jugement de Dieu![8].

LETTRES

A M. Émile Guérard[2].

Ce 9 août 1820.

Monsieur,

Excusez-moi si je prends la liberté de vous écrire. Je ne suis pas un Démosthène ou un Cicéron pour pouvoir écrire avec éloquence ou avec sagesse; mais j'espère que vous excuserez la naïveté de mon enfance, car le simple but de ma lettre est de vous faire savoir que, si vous avez l'intention de venir à

Provins pour la distribution des prix, elle est fixée au 17 août. J'ai fait tous mes efforts pour mériter votre estime et votre bienveillance, et pour me rendre digne des bontés dont vous m'avez comblé jusqu'aujourd'hui. Agréez, monsieur, l'assurance du respect et de la soumission avec lesquels j'ai l'honneur d'être votre très-dévoué et respectueux serviteur. MOREAU.

A ma Sœur [10].

Paris,......... 1829-1836.

Vous souffrez beaucoup de mon absence, ma sœur, et cependant, à la lecture de votre lettre, je n'ai pu me défendre d'un certain plaisir. Lorsque mon départ fut décidé, je tremblai en pensant aux larmes qu'il vous coûterait peut-être. Je souhaitais sincèrement que vous vous armiez de résignation contre ce coup inévitable, et pourtant, quand vint le moment fatal, et que je crus lire sur votre front ce calme que je désirais chez vous, sans l'espérer, par une contradiction bizarre, je fus piqué de ce courage qui surpassait le mien et j'osais presque, tout bas, vous accuser d'indifférence... Pardonnez-moi, ma sœur, mais dois-je me féliciter d'un amour dont je trouve la preuve dans vos douleurs. Ah ! si vous m'aviez dit ce que vous savez si bien écrire, votre voix, plus forte que celle de la raison, m'aurait enchaîné auprès de vous pour toujours.

Je n'ai pas le courage de vous dire adieu.

Ce sera donc toujours de mieux en mieux, ma chère sœur. Vous vous dépouillerez toujours pour moi de tout ce que vous possédez. Pauvre sœur, vous êtes peut-être bien gênée vous-même, et vous ne pensez qu'à moi. Et pour tant de soins, je ne puis vous rendre que de l'amour. Sur la foi de ma lettre, écrite dans un moment de désespoir, vous vous êtes sans doute exagéré un peu ma situation. Elle se débrouille par degrés, et j'espère me tirer encore de là, pourvu que Dieu et votre amour me prêtent du courage.

—

Ma chère sœur, je n'ai pas bien compris une des phrases de votre lettre. Quel est donc cet heureux malheur qui pourrait me faire retourner à Provins. Je ne vous ai pas répondu de suite, parce que j'attendais la longue lettre que vous m'aviez promise. Mais il paraît que je me suis trompé, et que, dans votre intention, elle ne devait arriver qu'après ma réponse. Je vous embrasse bien tendrement et vous souhaite tous les bonheurs qui doivent vous échoir pour que je puisse croire à la justice de Dieu.

—

Grand merci, bonne Louise, de l'intérêt que vous prenez à ma santé ; elle se rétablira sans doute ; mais j'aurais besoin de patience, car il m'est impossible de suivre le régime. J'ai fort peu de besoins, mais ma bourse est tout à fait vide, et comme je ne touche pas très-exactement, si vous pouvez m'envoyer quelque chose, je le recevrai avec plaisir.

Mais songez bien que c'est du superflu que je demande, et que vous auriez grand tort de le prélever sur votre nécessaire.

Adieu! Une réponse bien longue, si c'est possible. Toutes vos lettres n'ont que le tort de ne l'être pas assez.

—

Encore une fois pardon, ma sœur, de vous avoir laissée si longtemps sans réponse; mais après vous avoir dit que je vous aime, ce qui ne doit rien vous apprendre, assurément, il me reste si peu de choses à vous écrire, qu'en vérité j'ai honte de vous envoyer des lettres aussi insignifiantes. J'espérais vous envoyer, avec celle-ci, des vers que je n'ai pu finir encore. La maladie de votre fils m'a beaucoup affligé : sa mère doit bien souffrir. Vous avez eu beaucoup de tourments depuis huit jours, dites-vous; en existerait-il encore d'autres que ceux dont vous me parlez? Pourquoi me cacher quelque chose? Cela fait du bien d'épancher des chagrins, surtout dans le cœur d'un frère... Je vous rends à usure le baiser que vous me donnez... J'avais oublié de vous gronder, dans ma dernière lettre, de la peine que vous vous êtes donnée à copier, pour moi, ce joli poëme. Je ne le connaissais pas et je désirais le connaître ; ce qui n'est pas aussi facile ici qu'on le pense. Le plaisir que j'éprouve diminuerait beaucoup, si je savais qu'il eût pu vous coûter de la fatigue et des veilles. Votre chocolat était excellent, et je l'aurais trouvé tel, même venant d'une autre main.

—

Chère sœur, je suis à peine installé dans la maison, et j'ignore si je dois m'y plaire et même si je *pourrai remplir* les fonctions qui me sont destinées. Aussi j'aurais peut-être mieux fait d'attendre pour vous donner de mes nouvelles; mais comment faire? J'ai sans cesse une plume sous la main et votre image dans le cœur; et puis il est si doux de causer, même quand on n'a rien à dire. Vous me dites sans doute, dans votre pensée : « Écrivez, écrivez, » comme autrefois dans le comptoir vous me disiez : *Parlez! parlez encore!...*

Mon amie, je ne vous oublie jamais, et cependant des craintes, des espérances, des chagrins vous ont disputé souvent mes pensées; mais il est de ces moments (et cela m'arrive toutes les fois que je réfléchis) où mon amour exalté par la reconnaissance devient une ivresse, un délire, et alors je n'ai plus d'autres craintes que celle de vous avoir causé de la peine, d'autre désir que celui d'être toujours aimé. C'est sous cette inspiration que je vous écris maintenant. Je voudrais que ma lettre, remplie d'amour, ne fût qu'un long remercîment, et je regrette d'être obligé de la faire refroidir par des détails désagréables, et que cependant vous devez connaître, puisqu'ils me concernent... Ma santé est toujours mauvaise, très-mauvaise... Il m'a fallu me défaire de beaucoup de choses... J'espère toucher bientôt... Pardonnez-moi tous ces détails, ma sœur... Une lettre, bien vite! Que lisez-vous? Est-on heureux? Parlez-moi aussi de votre autre frère, de votre amie, dont l'amitié touchante semble rivaliser avec la vôtre. Que j'aurais de bonheur à vous embrasser tous! Encore quatre mois, et j'aurai ce bonheur-là. Mais quatre mois, c'est bien long.

—

Grand merci, ma sœur, de vos excellentes dragées ; mais vos lettres, que vous accusez de négligence, sont pour moi mille fois plus délicieuses. Après un travail pénible, après des démarches inutiles, vous ne pouvez vous imaginer combien il est doux de trouver au logis quelque chose de ma sœur, de la seule personne qui m'aime. Alors, de tous mes regrets, il ne m'en reste plus qu'un seul : celui d'être séparé de vous ; mais il est adouci par l'espoir. Je suis presque toujours seul avec votre image. Je n'ai personne à qui je puisse ouvrir mon âme... Je n'ai encore éprouvé d'émotion d'amour qu'à la vue de certaines actrices ; mais il ne faut pas s'y méprendre, si j'aime un instant le personnage qui m'arrache des larmes avec les sentiments que l'auteur lui prête, je ne garde que du mépris pour la femme qui dépouille à la fois dans les coulisses son costume et ses vertus.

Adieu! Aimez-moi donc! aimez-moi toujours, pour me donner du courage et du bonheur. J'en ai besoin.

—

Quoique je ne sois pas heureux, ma bonne Louise, je commence à me plaire ici, et il ne me manque que ma sœur pour m'y trouver bien, et je ne m'exilerais qu'avec peine de cette nouvelle patrie, à moins que ce ne fût pour retourner près de vous. Pardon, ma sœur, si j'entre dans tous ces détails qui vous sembleront peut-être fastidieux; mais je vous écris comme si je causais avec vous, en vous faisant subir tout ce qui me passe par la tête. Vous dites que vous êtes malade, ma bonne amie, et vous semblez dire cela avec indifférence; serait-ce pour vous venger des inquiétudes que vous prétendez que je vous ai causées? Si j'étais près de vous! Vous souvient-il d'une indisposition qui vous a retenue au lit, il y a déjà bien longtemps, et de la visite que je vous fis en tremblant pour vous balbutier : « *Madame, comment vous portez-vous?..* » Si vous lisez quelque chose, dites-le moi. Donnez-moi des détails sur vos occupations, vos peines et vos plaisirs, si vous en avez. Vous voyez que je vous donne l'exemple. Je voudrais vous voir, à chaque heure de la journée, à la place que vous occupez. Adieu, pardonnez-moi et pensez à moi.

—

Ma sœur, ma chère sœur, je vous verrai donc! mais, mon Dieu, que ces quatre mois vont me sembler longs! J'aurais bien voulu être près de vous pour le retour du printemps. Qu'il nous eût semblé beau, à nous qui savions prêter des charmes à l'hiver! Le danger que vous venez de courir et que vous racontez avec tant d'indifférence me fait frémir encore. Presque tous les jours pour moi sont des lundis. Je me promenais l'autre jour au Père-Lachaise, et je vis un jeune homme, qui se croyait seul, jeter en passant une couronne de fleurs sur la tombe d'Héloïse et d'Abailard. J'aurais bien voulu connaître ce jeune homme-là. Je pense toujours à Provins ; il me semble que j'y ai laissé à la fois une mère..., une amie... ; ma sœur, vous étiez là pour m'aimer comme une famille entière : mon pays, c'est vous. Oh! venez vite. Pardonnez-moi la négligence de mes lettres ; j'aime à y laisser tomber mes pensées sans ordre et sans art. C'est comme si l'on causait.

—

Quoi! un joli cadeau et une lettre encore plus jolie! C'est trop à la fois.., Je me retrouve dans les sentiments que vous exprimez, et au milieu de la foule qui m'environne, c'est votre image seule que je vois, J'ai été plusieurs fois au spectacle, et votre souvenir m'accompagnait encore. J'ai vu Roméo et Juliette, deux amants qui meurent ensemble plutôt que de se voir séparés; Rodolphe, aimé d'une jeune femme qui le croit et le nomme son frère, et qui ne revient de son illusion que pour le suivre à l'autel. J'ai saisi partout des allusions touchantes et j'ai pleuré... Je viens d'être retenu au lit par une légère indisposition. Je veillais pour penser à vous. Je vous ai vue en songe vous pencher à mon chevet; vous le savez, ma sœur, cet heureux songe n'était qu'un souvenir.

—

Vous avez deux torts, ma sœur, celui de m'écrire une lettre si courte, et celui de m'envoyer un si joli foulard. Grâce à vous, j'ai déjà bien des cravates, et, pour croire à votre amitié, je n'ai pas besoin d'un nouveau gage. Merci! pourtant, merci! Tout ce qui vient de vous m'est cher et sacré.

—

Je me suis lié avec un jeune homme dont je vous ai déjà dit un mot. Ce jeune homme, à vingt ans, montre déjà des talents extraordinaires et une ambition effrénée. Son avenir sera sans doute grand et beau, s'il ne succombe pas avant de l'atteindre; car, à peine sorti de l'enfance, l'étude, le seul excès qu'il connaisse, l'a déjà vieilli et courbé. Vous me parlez de spectacles, j'y vais fort peu. Cependant je viens de voir jouer un nouveau drame de Dumas : *Antony*. C'est une pièce pleine de passion, et les acteurs sont dignes de la pièce.

J'appelle toujours les vacances avec ardeur. Quoi qu'il arrive, je ne manquerai alors ni de consolations, ni d'encouragements.

Chère sœur, encore un mois sans vous voir ! C'est affreux. J'essaye en vain de me distraire ; je lis, et je m'ennuie ; je vois des amis, et je m'ennuie. Écrivez-moi ; consolez-moi ; mais peut-être auriez-vous besoin d'être consolée vous-même... Adieu, conservons un peu d'espérance...

Chère sœur, pardonnez-moi de ne pas vous

avoir écrit plus tôt. J'étais et je suis encore fort occupé. Une lettre que je dois écrire à votre frère vous donnera des détails que je vous épargne ici. Celle qu'il m'a envoyée m'a fait beaucoup de plaisir, parce qu'elle était charmante. Aimez-moi donc et dites-le moi toujours, ma sœur, cela rend presque heureux, malgré l'absence.

Je vous aime, ma sœur, entendez-vous bien? Je vous aime par raison, par reconnaissance et par sympathie ; et quand même vous m'abandonneriez, ce que je suis loin de prévoir, je vous aimerais encore, malgré moi et malgré vous-même. Vous me parlez de ma santé. Soyez tranquille ; je ne souffre presque pas.

—

Ma bonne amie, je n'ai pas reçu cette lettre du 30, dont vous me parlez ; autrement, je n'aurais pas manqué d'y répondre, quoique je fusse alors très-occupé. Je ne vous ai jamais oubliée, ma sœur ; mais depuis quelque temps, je pense à vous plus vivement que jamais. Je fais des rêves tristes où vous êtes toujours mêlée. Je vous ai vue morte plusieurs fois. Je ne suis pas superstitieux, mais c'est égal, je voudrais bien vous voir pour me convaincre de mon illusion... Je viens de retrouver une ode charmante de Victor Hugo, écrite de votre main. Je ne sais comment j'ai pu oublier de vous remercier de cet envoi. Je lis toujours un peu, c'est le seul plaisir dont je ne sois pas désenchanté.

—

Vous analysez donc toutes les phrases de mes lettres pour y découvrir l'aveu d'un besoin. Je vous remercie de votre envoi : il m'apprend à peser davantage mes expressions ; car rien, entre deux cœurs, n'est froid comme l'argent. Aussi, quand vos lettres sont plus lourdes qu'à l'ordinaire, vous prodiguez des expressions plus tendres. C'est reconnaître que j'en ai besoin... Et puis vous vous gênez pour moi, sans vous informer seulement si je le mérite... Ma sœur, je vous en conjure, ne me faites plus de pareils envois, je n'aurais pas le courage de refuser, mais je souffrirais...

—

Ne vous étonnez pas, ma sœur, si j'ai gardé le silence depuis l'envoi de votre paquet. Malgré le plaisir qu'il m'a dû faire, j'attendais de vous quelque chose qui devait m'en causer plus encore : une lettre. J'ai été d'abord fort surpris et fort inquiet de ne rien trouver, après avoir fouillé avec tant de soins les plis de l'enveloppe. Je soupçonnais même que vous étiez peut-être fâchée contre moi. L'envoi de l'argent pouvait, à la rigueur, se concilier avec cette idée ; mais, après un peu de réflexion, un cadeau de fleurs me semble avoir quelque chose de trop caressant pour laisser subsister un pareil soupçon. Je ne crois pas à la haine ; mais que dois-je croire? Votre lettre aurait-elle été égarée? Hâtez-vous bien vite, je vous en prie, de dissiper ou de fixer mes inquiétudes.

—

Je viens vous demander encore ce que

vous m'avez tant de fois refusé : un conseil. Que dois-je faire? que puis-je faire? Consultez votre jugement et votre cœur, et répondez-moi. Ne craignez pas de choquer mes affections ou mes antipathies, ni de vous charger devant moi d'une pénible responsabilité. Dussé-je y trouver le malheur, je marcherai avec plus de foi et de courage dans la route indiquée par mon ange gardien.

—

Vous me trouvez sans doute bien coupable, chère sœur; il y a si longtemps que vous n'avez reçu de mes nouvelles; pardonnez-moi et surtout ne prenez pas mon silence pour un signe d'oubli ou de froideur. Jamais vous ne m'avez été plus chère. Jamais je n'ai caressé votre image et évoqué mes souvenirs de bonheur avec plus d'amour, car jamais je n'eus plus d'occasions de sentir le vide immense qui se fait dans ma vie. Je *m'ennuie*, je m'ennuie! Or, en vous écrivant, il eût fallu mentir ou bien vous affliger en vous répétant cette éternelle complainte. Je suis accablé de chagrins pour des causes dont vous ignorez la moitié ; il vous serait tout à fait impossible de porter remède au mal, et il me faudrait de vous mieux qu'un entretien par lettre pour me consoler. Cependant, je vous écris, je l'avoue, sous l'inspiration d'un moment de joie : je viens de voir madame Guérard ; elle a passé près d'une heure avec moi dans mon exécrable chambre, devant laquelle elle passait pour aller voir son fils. Elle m'a promis de revenir aujourd'hui. Je l'attends.

—

Paris, 24 juillet 1837.

Vous me demandez si bien pardon du retard que vous avez mis à me répondre, que je n'ai pas le courage de vous en vouloir ; et, pourtant je l'avoue, votre long silence m'avait beaucoup inquiété et affligé. Je croyais que vous n'aviez pas reçu ma lettre, ou que vous ne m'aimiez plus. J'accueillais cette dernière supposition avec plus de douleur que de surprise. Je sens bien, ma sœur, que la persévérance de la fortune à me poursuivre (lisez : *à me maltraiter*) peut décourager l'affection la plus sincère et la plus dévouée ; il paraît que vous non plus, vous n'êtes pas heureuse : tous les vôtres sont malades, dites-vous. Vous étiez née, bonne Louise, pour remplir le rôle de consolatrice des affligés, et l'on dirait que le sort s'amuse à accumuler les douleurs autour de vous pour ne pas laisser vos nobles facultés oisives. Vous craignez pour le physique de votre enfant, pauvre mère ! mais si son moral est beau, comme on le dit !... Adieu ! j'embrasse avec ardeur l'espérance de vous voir avant la fin de l'année ; je crois que mon isolement est la source de tous mes maux. Je crois que si j'étais avec vous, ma vie, qui me semble un désert, me paraîtrait un jardin enchanté. Adieu ! ma sœur ! adieu et au revoir ! Ayez la bonté de me répondre sans tarder longtemps...

Paris, 11 février 1838.

Bonne sœur,

Il y a déjà longtemps que j'aurais dû vous écrire, mais vous ne m'en voudrez pas, je l'espère, de cette nouvelle négligence, accoutumée que vous êtes à me pardonner. Vous vous enquérez d'un notaire ou ex-notaire dont je vous ai parlé : je n'ai plus rien de commun avec lui, et, si je ne me trompe, voici pourquoi. Ce monsieur, veuf et pas trop vieux encore, a jugé à propos de se donner une maîtresse (ce qui, je l'avoue, m'a scandalisé médiocrement) ; par malheur, cette dame, avant d'atteindre au grade suprême du notariat, avait quelque temps rampé dans les plus basses régions. Un mien ami, clerc de notaire, en sait quelque chose. Or, cette dame a su que je savais tout ce que sait le jeune bazochien... et voilà comment j'explique le refroidissement *dudit* (style de notaire) à mon égard. Quant à M. B. et à madame E. F., tout porte à croire qu'ils m'ont aussi planté là. M. B., parce que mes idées choquent les femmes. Je sais qu'il dit de moi : « C'est un Jean-Jacques Rousseau manqué. » Madame E. F., je ne sais pas précisément pourquoi, mais je le soupçonne fort. Cette dame est esclave du respect humain, et ses amies, à qui sans doute je n'ai pas eu le bonheur de plaire, lui auront fait quelques plaisanteries à propos de moi...

Du reste, l'engouement de madame E.F. pour moi m'avait toujours étonné, et un malheur prévu n'en est presque pas un... Adieu, ma sœur, ma bonne sœur, je souhaite que ma lettre vous trouve à l'adresse que je lui donne. Peut-être est-il trop tard; peut-être n'êtes-vous plus ou n'êtes-vous pas encore à Troyes. J'ai peur. Vous allez me répondre bien vite, n'est-ce pas? afin de me tirer d'inquiétude.

Je vous aime et vous embrasse bien tendrement.

H. MOREAU.

A Madame Favier.

Paris, 30 juin 1830.

Madame,

J'espère que vous avez compris les motifs du silence auquel je me suis condamné depuis longtemps..., depuis la lettre où vous me faisiez de justes reproches en me menaçant de votre abandon; je n'ai pas été fort heureux, mais ne voulant pas appeler d'une sentence que je méritais, j'ai dû vous épargner des aveux et des plaintes qui auraient paru des demandes; après tant de bienfaits, je serais honteux de vous en faire. J'attendais donc, pour vous écrire, le moment où j'aurais quelque chose d'heureux à vous apprendre, et je crois qu'il est arrivé... Je n'ai besoin de rien pour le moment, que de vous exprimer le respect et la reconnaissance avec lesquels je suis toujours, madame et chère bienfaitrice, votre très-humble et très-obéissant serviteur.

H. MOREAU.

Si vous pouvez parler un peu de moi à M. et Mme Guérard.

A M. et Madame Guérard.

Paris, 3 septembre 1830.

Monsieur,

Pardon si je n'ai pas profité plus tôt de la permission que vous m'avez donnée de vous écrire. Je ne connais pas votre nouvelle adresse, ce qui m'a forcé jusqu'ici de reléguer votre nom, comme celui de madame Guérard, dans le *post-scriptum* des lettres que j'adressais à madame Favier. Je n'ai pas oublié que vous m'avez invité vous-même à recourir à vous, quand il s'élèverait quelques nuages entre elle et moi. Ce moment est arrivé, et je vous écris, à tout hasard, à l'adresse de M. Vaché. Mme Favier n'ignorait pas, en m'envoyant à Paris, que mon peu d'habileté dans mon état m'obligerait plusieurs fois *à subir* des secours étrangers pour subvenir à mes besoins. Aussi elle m'avait autorisé, avec une bonté dont je garde la plus vive reconnaissance, à toucher entre les mains de madame Daubonneau, son amie, jusqu'à 300 francs par an. Le manque d'ouvrage dont j'ai souffert plusieurs fois, les derniers événements qui ont bouleversé tous les ateliers..., tout cela m'a forcé de faire, à madame Daubonneau, plusieurs visites aussi pénibles pour moi que pour elle. Enfin, j'ai l'espoir de quitter un métier qui ne me convient sous aucun rapport... Madame Daubonneau, dont j'ai subi l'aversion par la rudesse de mes manières, m'a refusé tout net le reste de la somme que vous me donnez, et, sur ses rapports, madame Favier a confirmé le refus de la façon la plus désespérante, et pourtant c'était la dernière fois que j'avais à l'importuner de pareilles demandes; mais je n'accuse de sa rigueur qu'une influence étrangère et j'ai l'espoir que vous pourriez contribuer à la détruire. Si vous aviez l'occasion et la bonté de l'essayer, il serait très-important, à ce qu'il me semble, qu'elle ignorât que je me suis plaint directement à vous; pour peu que le retour de son amitié et que l'emploi que l'on m'a promis se fassent attendre, je me trouverais dans une situation très-pénible. Il suffirait d'une vingtaine de francs pour m'en tirer provisoirement. J'attends votre réponse. J'ai cru que je pouvais user, à l'égard de mes premiers bienfaiteurs, de la franchise à laquelle ils m'ont accoutumé. Dans une autre circonstance, cette lettre aurait été consacrée tout entière à leur exprimer combien je les aime.

J'ai l'honneur d'être, monsieur et madame, votre très-humble et très-obéissant serviteur.

H. Moreau.

J'envoie mille baisers à Charles et Alexandre, en attendant mieux.

Paris, mercredi 8 février 1837.

Madame,

J'ai reçu, il y a aujourd'hui quinze jours, une lettre où vous m'annonciez un envoi d'argent. M. Guérard, qui en est porteur, n'a parlé de rien à Loyson. Vaché a répondu aux réclamations de ce jeune homme qu'il ignorait tout ce que cela voulait dire, et M. Guérard qui devait, disait-il, repasser et me voir à Paris, dans la huitaine, ne m'a pas encore donné de ses nouvelles; de plus, quand j'interroge Vaché, il me répond par des demi-mots. Certes, madame, je n'ai rien à réclamer de vous, et pourtant je ne puis m'empêcher, en pareille circonstance, de solliciter de votre complaisance au moins un mot d'explication. Si vos intentions à mon égard sont changées ou modifiées, je ne comprends pas ce qui vous empêche de me le dire franchement. Si je n'ai à souffrir que d'un délai, vous auriez été bien bonne de m'en avertir d'avance. J'aurais donné sur-le-champ mon manuscrit à l'imprimeur, sauf à recourir, en cas de frais préliminaires, à la générosité mille fois éprouvée de Loyson. Quelle que soit votre réponse, madame, elle me sera précieuse; car elle me tirera d'une incertitude fort pénible. J'espère que vous comprendrez bien ma position, et que vous me pardonnerez mes importunités.

Je vous embrasse avec reconnaissance.

H. Moreau.

P. S.—J'ai attendu deux jours avant de jeter ma lettre à la boîte, et j'ai bien fait. J'apprends aujourd'hui *vendredi* que M. Guérard est repassé hier à Paris, sans avoir le temps de me voir[1]. Vaché, de plus, m'a donné des explications auxquelles j'avoue que j'ai peu de foi.

—

Paris, lundi, jour de l'Assomption, 1836.

Madame,

Je n'ai pas bien compris ce que vous me dites dans votre dernière lettre à propos de Vaché. J'ai cru entrevoir cependant que ma fréquentation pouvait lui être nuisible en quelque chose. Rassurez-vous, madame! si je lui ai exprimé l'intention de le voir *souvent*, c'était dans l'espoir d'entendre parler souvent de vous; maintenant que vous me faites l'honneur de m'écrire, ce motif n'existe plus, et Vaché ne court pas plus le risque de gagner mes défauts que moi de m'inoculer ses vertus, dont pourtant j'aurais grand besoin, car je vous l'avoue sincèrement, et plaisanterie à part, si j'avais eu le choix de ma destinée, j'aurais préféré peut-être le rôle de commis à celui d'écrivailleur : *l'argent, pour moi comme pour Vaché, est tout, puisque j'ai des besoins à satisfaire et qu'il n'y a* (malheureusement !) *que ce moyen pour y arriver.*

Ceci est une phrase de vous.

Je ne comprends pas trop non plus pourquoi vous vous étonnez de ce que je n'écrive pas à M. Guérard. Je vous ai écrit pour vous demander pardon des torts dont vous avez eu à vous plaindre, l'un comme l'autre. Si votre nom est tombé de préférence sur l'adresse, c'est l'affaire du hasard, et peut-être, à mon insu, de ce sentiment commun à tous les hommes qui fait que l'on pressent plus d'indulgence chez un sexe que chez un autre. Si je vous adresse une lettre pour vous confier mes peines, mes plaisirs et mes espérances, je ne conçois pas pourquoi je ferais une copie de cette lettre pour exprimer à M. Guérard mes plaisirs, mes peines, etc... Pourtant, si vous y tenez, dites-le... Si vous m'écrivez, madame, dites-moi donc ce que vous avez reçu de ma part, vous, monsieur Guérard ou madame Jeunet. J'ai tout lieu de croire que quelque chose s'est égaré.

Je vous salue avec respect et reconnaissance.

Hégésippe Moreau.

Je vais donner à Vaché des vers manuscrits faits pour madame J*** et à son adresse; ils ont dû lui être envoyés imprimés dans *le Journal des Demoiselles;* mais d'après une lettre de *ma sœur*, qui ne m'en parle pas, je crois qu'on ne les a pas reçus.

Je n'ai pu voir Alexandre, bien que j'aie rendu deux visites au collége Rollin; on m'a même répondu qu'on ne connaissait pas ce nom-là. Y aurait-il à Paris plusieurs colléges du même nom?

A M. Vaché (frère de madame Guérard de Champbenoist), *rue de l'Échiquier*, n° 23, *Paris*.

Mon cher ami,

Tu t'es mépris étrangement sur le sens de mes paroles. C'était une confidence, une plainte, mais pas une demande. Cela est si vrai qu'il me serait matériellement impossible de quitter mon logement actuel d'ici à plusieurs mois. En général, mon ami, je te préviens qu'il ne faut jamais chercher d'intention cachée dans ce que je dis, à moins que mes paroles n'aient évidemment le ton de l'ironie. Cependant je dois me féliciter de la méprise qui m'a fourni une nouvelle preuve de ta vieille et infatigable amitié pour moi, et me donne par conséquent le droit de t'en remercier encore. Tout ce que je réclame de toi, c'est la permission de te voir le plus souvent possible, non pas les jours où tu sors, car je n'aime pas à sortir, moi, mais pendant les rares et courts instants que tu pourras dérober à tes travaux.

J'irai à ton bureau dimanche à une heure. Merci. H. Moreau.

A ma Sœur.

Paris, 28 décembre (midi) 1836.

Bonne sœur, en réponse à une lettre de vous, je vous ai écrit il y a huit jours et vous n'avez (ici se trouvent une tache et un pâté qui ne sont pas de mon fait. Pardon! en recommençant ma lettre je perdrais un jour) pas répliqué, du moins je n'ai rien reçu. En d'autres circonstances, ce retard ne m'étonnerait pas du tout (vous pourriez m'en reprocher bien d'autres!) mais je me souviens... et j'ai peur. Je vous disais dans ma lettre que si vous étiez huit jours sans me répondre, il serait plus sûr de m'adresser les vôtres poste restante. Le délai est expiré ou peu s'en faut, et cependant vous pouvez toujours m'écrire à cette adresse : *Institution Chapuis, rue du Faubourg-Saint-Martin.* Les gens que je quitte sont de bonnes gens, et recevront mes lettres. J'ai vu Vaché qui est malade, mais pas dangereusement, du moins je l'espère; il ne m'a pas confirmé ce que vous m'aviez dit de l'arrivée prochaine de Mme Guérard à Paris. Mme Emma Ferrand va revenir, et cela pourra contribuer à guérir la noire mélancolie dont je me plaignais dans la lettre en question. C'est une très-bonne femme et sans contredit la personne que j'aime le mieux après vous et madame Guérard. Je crois vous avoir dit qu'une dame avait fait la musique de deux romances que je lui avais récitées. En voici les paroles, en attendant la gravure. L'espace ne m'ayant permis que d'en transcrire une, à une autre fois la seconde. H. M.

A MON AME.

Fuis, âme blanche, un corps malade et nu,
Fuis en chantant vers le monde inconnu!

A dix-huit ans, je n'enviais pas, certes,
Le frais bandeau qui presse mes yeux morts.

Dans les grands bois, dans les campagnes vertes,
Je me plongeais avec délices alors ;
Alors les vents, le soleil et la pluie
Faisaient rêver mes yeux toujours ouverts.
Pleurs et sueurs depuis les ont couverts ;
Je connais trop le monde... et je m'ennuie !

Les pieds poudreux d'une route orageuse,
Nous chancelions sur le sable flottant ;
Repose-toi, pauvre âme voyageuse ;
Une oasis là-haut s'ouvre et t'attend.
Le ciel qui roule, étoilé, sans nuage,
Parmi des lis, semble des flots d'azur.
Pour te baigner dans un lac frais et pur,
Jette en plongeant tes haillons au rivage !

Pars sans pitié pour la chair fraternelle :
Chez les méchants, lorsque je m'égarais
Hier encor tu secouais ton aile
Dans ta prison vivante... et tu pleurais.
Oiseau captif, tu pleurais ton bocage ;
Mais aujourd'hui, par la fièvre abattu,
Je vais mourir. Et tu gémis... Crains-tu
Le coup de vent qui brisera ta cage ?

Lorsqu'à seize ans, veuf d'une sainte amie.
Des voluptés j'ai senti le besoin.

De mes erreurs, toi, colombe endormie,
Tu n'as été complice ni témoin.
Ne trouvant pas la manne qu'elle implore,
Ma faim mordit la poussière (insensé !);
Mais toi, mon âme, à ton beau fiancé,
Tu peux demain te dire vierge encore.

Tu veilleras sur ta sœur en ce monde,
De l'autre monde où Dieu te tend les bras.
Quand des enfants à tête fraîche et blonde
Auprès des morts joueront, tu souriras.
Tu souriras, lorsque sur ma poussière,
Ils cueilleront les saints pavots tremblants;
Tu souriras, lorsqu'avec mes os blancs,
Ils abattront les noix du cimetière...

Fuis, âme blanche, un corps malade et nu,
Fuis en chantant vers le monde inconnu ! 12.

A

L'AUTEUR DE CHATTERTON

Au Théâtre-Français deux beaux noms sur l'affiche
M'attirèrent un soir : ce soir-là j'étais riche ;
J'avais pour avenir deux francs ; je les donnai ;
Et je vis *Chatterton*, et chaque mot du drame
Eut un écho si long et si doux dans mon âme
Que la nuit, seulement bien tard, je soupçonnai
Qu'en ce jour de bonheur je n'avais pas dîné.

Seul, j'écoutais encor d'un bruyant auditoire
Le sanglot triomphal répéter : Gloire, gloire
A la Muse qui n'a ni sang, ni fange au pied,
Par qui la nouvelle ère au théâtre commence !...
J'écoutais, je mêlais ma note au chant immense,

Puis j'ajoutais tout bas, palpitant, l'œil mouillé :
Qui s'inspira si bien doit sentir la pitié.

Hélas ! quand il évoque une infortune morte,
Le poëte pieux, s'il savait qu'à sa porte
L'immortel Chatterton vit encor pour souffrir ;
S'il savait qu'à Paris tous les jeunes poëtes,
De ce bruyant désert pâles anachorètes,
N'ont plus, en s'abordant, qu'un salut à s'offrir :
Le salut monacal : Frères, il faut mourir !

Que l'un d'eux, demi-nu, dans sa chambre malsaine
Pousse un drame réel à sa dernière scène,
Et sans étoile au ciel, sans bon ange ici-bas,
Pour éviter la faim, courant au suicide,
Tient levé, maintenant, sur son estomac vide,
Le fer qui découpait le pain de ses repas
Et qui, depuis trois jours, trois longs jours ! ne sert pas !

Puis se ressouvenant qu'il est bien jeune encore,
Qu'après l'hiver l'oiseau se ranime et picore,
Que ses chansons vivraient peut-être s'il vivait,
Q'un ange sur son front, marqué de l'anathème,
Peut l'effacer un jour avec ce mot : *Je t'aime !*
De mille illusions repeuplant son chevet,
Dans les bras de la Faim s'endort... S'il le savait !

Poëte, il aiderait la jeune muse à vivre ;

Il n'a pas renfermé tout son cœur dans son livre ;
Son culte pour les morts s'étendrait aux mourants... :
Et moi je serais fier d'aimer ce que j'admire,
D'avoir une main noble à baiser, et de dire,
Quand son nom planerait sur les noms les plus grands
Je lui dois l'espérance et la vie... et vingt francs ! 13.

NOTES ET ÉCLAIRCISSEMENTS.

1. On conserve à l'imprimerie Lebeau, à Provins, les espaces sur lesquelles Hégésippe Mareau improvisa ses premiers vers. Ces vers sont écrits à la mine de plomb et à peu près illisibles aujourd'hui.

2. Ces deux pièces, dont l'original existe encore, m'ont été remises avec une copie authentique de l'abbé Grabut.

3. Dans les honorables sympathies qui ont accueilli la première partie de ce travail : *Hégésippe Moreau, sa Vie et ses Œuvres*, je distinguerai spécialement celles qui ont été utiles et fécondes en révélations sur le poëte du *Myosotis* :

M. Louis Ulbach, dans *le Temps* (27 avril 1863), a apporté une nouvelle lumière sur le caractère politique du poëte ; il a confirmé, par des témoignages nouveaux, ce que Félix Pyat et Laurent Pichat avaient dit.

M. Edmond Texier, dans *le Siècle* (27 avril 1863), a donné des renseignements définitifs sur le vaudeville *Clément Marot à Genève*, attribué au poëte du *Myosotis*. « La vérité, dit M. Texier, est que Moreau avait pris part à la collaboration de ce vaudeville ; c'est lui-même qui me l'a dit le soir de la première représentation. »

M. Albéric Second, dans *l'Univers illustré* (7 mai 1863), après avoir très-sympathiquement raconté l'existence douloureuse de Moreau, croit que j'accuse à tort la société de l'avoir laissé mourir de faim. M. Albéric Second, dont la vie fut un constant dévouement à ses confrères, M. Albéric Second qui ferma les yeux à l'excellent Louis Lurine, veilla au chevet de Henri Murger, demanda un tombeau pour Brizeux, eût pensionné Hégésippe Moreau au nom de la Société des gens de lettres. Voilà des sentiments qui honorent un écrivain!

M. Xavier Feyrnet, dans *l'Illustration* (2 mai 1863), raconte ce fait qui m'était inconnu : « M. Armand Lebailly dit qu'un théâtre joua, en 1838, *Clément Marot à Genève*. Le poëte du *Myosotis* fit aussi, avec un ami, un vaudeville qui s'appelait *le Collaborateur*. Les deux auteurs n'avaient plus entendu parler de leur pièce depuis quelque temps; ils se la figuraient dormant dans un des cartons de la direction, lorsqu'un beau jour ils furent très-surpris de voir *le Collaborateur* s'étaler en grosses lettres sur l'affiche; mais ce qui les surprit bien davantage, c'est que l'ouvrage n'avait plus deux auteurs seulement, mais cinq, et que trois autres noms faisaient cortége aux leurs. » Ce fait m'a été confirmé à Provins par des personnes très-dignes de foi, qui le tenaient de Moreau lui-même. Je m'étonne de n'avoir pas connu plus tôt cette particularité, car, comme le disait M. Henry de Pène dans le *Nord* (2 avril 1860), « je m'étais mis à la recherche de tout ce qui pouvait éclairer cette pâle et poétique figure de Moreau qui ne fut jamais bien comprise. »

4. Cette nouvelle, *Une Femme sensible*, fut publiée par *Psyché*, le 4 février 1836. *Psyché* est un des journaux auxquels Moreau collabora le plus assidûment : il ne signait pas toujours. Ainsi, dans la collection complète du recueil, on ne retrouve pas *Lolotte et Loulou*, conte dont il annonce, par une lettre à sa sœur, l'acceptation et la remise aux bureaux de la rédaction.

5. Cette nouvelle, *la Dame de cœur*, fut publiée par *le Petit Courrier des Dames*, le 20 septembre 1836. Hégésippe Moreau ne fit que passer dans ce recueil où la charmante nouvelle fut oubliée. Cependant le poëte avait fait paraître, dans *le Petit Courrier des Dames*, sa romance *la Fermière* (20 décembre 1835), et ses couplets *à*

Médor ou *le Petit Chien* (mars 1836). *La Dame de Cœur* fût sans doute restée ensevelie dans ce journal ignoré, si Moreau n'en eût, de son vivant, remis une copie à un de ses amis qui l'adressa à *la Feuille de Provins*, qui la publia. Or, de ces deux versions qui changent un peu, j'ai choisi celle qui fut corrigée par le poëte, c'est-à-dire celle du *Petit Courrier des Dames*. Cette nouvelle porte en sous-titre « *Extrait des confessions d'un vieil enfant*, ouvrage inédit. » Or, cet ouvrage inédit n'est jamais paru ; on n'en retrouve aucune trace. Les habitudes de Moreau pourront seules ici nous éclairer, et, à cet effet, je citerai le fragment d'une lettre qu'un ami particulier du poëte m'a adressée de Lons-le-Saunier, le 13 mai 1863. « Moreau composait souvent, sans écrire un mot, deux cents ou trois cents vers. Que de fois il m'en a dit de sa voix harmonieuse en nous promenant sous les grands arbres de nos remparts de Provins, ou bien sur les quais de Paris, qu'il aimait le soir ! J'habitais alors le quai Voltaire, n° 21. En fumant une pipe que nous croyions toujours être la dernière du jour, il montait chez moi : il dictait, j'écrivais ; il emportait le tout, et moi, ne croyant pas à une disparition si prompte et si fatale du poëte, je ne gardais ni ne cherchais à revoir les vers. Souvent, trop souvent, il n'en trouvait pas le placement, et le papier dépositaire de petits chefs-d'œuvre s'en allait on ne sait où. De temps en temps, un journal acceptait ses productions contre une somme insultante de minimité. Fouillez, monsieur, dans la collection du *Charivari*, et vous y trouverez plus d'une pièce de vers échangée par les fameux trois hommes d'État contre dix francs. » Sur les renseignements de cette lettre, qui coïncidaient parfaitement avec ceux que je tenais de Provins, j'ai fouillé *le Charivari* et j'ai trouvé, de 1834 à 1837, bon nombre de chansonnettes politiques qui ont la saveur du génie de Moreau, et ne portent aucune signature. Ces pièces se détachent des autres pièces, qui sont signées au moins des initiales des trois hommes d'Etat, par un fini et une malice qui trahissent le *Diogène*. Cette collaboration, à laquelle Moreau n'attacha sans doute pas d'importance, s'explique surtout par l'intérêt affectueux que Berthaud, l'auteur de *l'Homme rouge* et rédacteur ordinaire du *Charivari*, portait au poëte du *Myosotis*. Pour me renseigner, j'ai consulté les hommes d'Etat qui m'ont donné des réponses si évasives et si peu satisfaisantes qu'on les dirait sous le poids d'un remords qu'ils veulent étouffer. Du reste, en ce temps-là, la signature littéraire n'était pas partout en usage, et dans les journaux de mode surtout. C'est ce qui fait que d'Hégésippe Moreau qui collabora sûrement, de 1830 à 1835, au *Follet*, à *la Mode*, au *Protée*, au *Caprice*, au *Petit Messager des Demoiselles*, on ne retrouve pas le moindre souvenir. Cependant, dans le *Petit Courrier des Dames* (1830), on lit deux nouvelles non signées qui concordent tant avec les habitudes, le domicile et le génie du poëte, qu'on aurait de graves motifs de les lui attribuer : *Un Dîner chez Véry* et *Un Jeune Homme à marier* (extrait de *Ma Confession*). Mais on ne saurait rien affirmer. En ce temps-là, Moreau avait peu de relations et d'amis à Paris. De 1835 à 1838, la lumière se fait pour lui et le directeur de *la Revue poétique*, après avoir publié *le Revenant* et *Surgite mortui*, disait en note : « Les deux chansons que nous offrons au public révèlent un des disciples les plus spirituels de notre immortel Béranger. Nous publierons plus tard des œuvres d'un genre plus sévère qui annoncent, dans M. Moreau, l'accord d'un beau talent et d'une haute philosophie. » Dans la suite, on ne publia rien.

6. Cet article fut écrit par Hégésippe Moreau dans une crémerie de la rue des Saints-Pères, et publié par *Psyché* le 28 janvier 1836. Il fut payé d'un déjeuner. *Psyché* payait ses rédacteurs avec une côtelette, et ses rédactrices avec un chapeau de paille. Le poëte, du moins, l'assure dans ses lettres. Moreau ne pensait pas comme M. Ernest Legouvé (*Moniteur*, 22 février 1861) qu'avec Scribe « on revoyait d'un regard, on embrassait comme dans un tableau une succession inouïe de travaux si divers, et,

grâce à cette puissance d'invention, de travaux sans exemple, l'Europe entière tributaire de l'esprit français, les mœurs, les habitudes, le langage de la France conquérant les capitales comme nos armées les avaient conquises jadis, et enfin, pour tout dire en un mot, le souvenir d'une intelligence qui avait autant amusé le monde que Voltaire l'avait remué. » M. Scribe avait refusé sa collaboration à Moreau.

7. Cette phrase est un souvenir de la grande invasion de 1814, qui laissa des traces sinistres à Provins, puisque « 12 à 15 millions ne pourraient indemniser les cent six communes de l'arrondissement des pertes énormes qu'il avait éprouvées depuis les huit jours d'occupation par l'ennemi, » si on en croit le rapport de la municipalité.

8. Cette étude historique fut publiée par *le Journal des Demoiselles*, le 15 mai 1836. Elle faisait partie d'une suite de travaux que publiait ce recueil sous le titre de *Galerie des femmes célèbres*, pour laquelle M Henri Martin écrivit, le 15 novembre 1836, une étude sur sainte Geneviève de Nanterre.

9. Quand Moreau écrivit cette lettre, il avait dix ans. Il était en pension à Provins, et cette année, il obtint beaucoup de prix. Il eut, entre autres, le prix d'écriture, et il le méritait, car Moreau, si j'en crois ses autographes, avait un talent de calligraphe.

10. Ces lettres de Moreau à sa sœur sont de 1829 à 1836. Elles n'ont pas de date; mais, quand on a étudié la vie du poëte, on sait où les placer. Ces lettres sont des billets d'une grande simplicité et d'un grand charme. On voit que Louise Lebeau était une mère pour le poëte, et que, s'il l'appelait sa sœur, c'est qu'il était impossible qu'il l'appelât sa mère : Moreau était plus vieux qu'elle de quelques mois. Dans ces pages volantes, on retrouve des sentiments qui ne meurent pas, la reconnaissance et le

respect. Moreau reçoit de sa sœur tout ce qu'il demande et tout ce dont il a besoin ; du linge, des comestibles et des fleurs, car le poëte en demandait quelquefois pour orner sa chambre.

11. Moreau, ici, semble désappointé. Ce n'est pas au poëte la faute, mais bien à M. Guérard, qui avait promis de l'aller voir et de lui porter un de ces canards dont M. C. Opoix dit, dans son *Histoire de Provins :* « Un propriétaire d'un moulin de la Voulzie, M. Guérard, m'assure qu'il est dans l'usage d'envoyer à Paris des canards à quelques amis qui leur trouvent un goût très-fin et une chair plus délicate que ceux que l'on vend partout ailleurs. » Ce canard-là n'eût pas été mal reçu par Moreau ; il l'attendait pour dîner.

12. Cette lettre est remarquable par la pièce *A mon âme* dans laquelle se trouvent des variantes nombreuses avec l'édition du *Myosotis,* corrigée par Moreau lui-même.

13. Ces vers, adressés à M. de Vigny en mai 1835, furent le commencement des relations du poëte du *Myosotis* avec le poëte d'*Eloa*. Ils sont publiés aujourd'hui pour la première fois. M. de Vigny doit les mettre en appendice à la prochaine édition de *Stello*. L'original, que j'ai eu dans les mains, porte la suscription : *A monsieur le comte Alfred de Vigny, Paris ;* et il est signé : *H. Moreau, place Cambray, hôtel du Calvados.*

FIN.

TABLE

Introduction........................ 5
Une Femme sensible.................. 33
La Dame de cœur..................... 41
M. Scribe à l'Académie.............. 51
Jeanne d'Arc........................ 57
Lettres............................. 83
A l'auteur de Chatterton............ 117
Notes et éclaircissements........... 121

ACHEVÉ D'IMPRIMER

Le 10 *Juin* 1863

Aux frais de

Mme BACHELIN-DEFLORENNE

Libraire-Éditeur

PAR BONAVENTURE ET DUCESSOIS

www.ingramcontent.com/pod-product-compliance
Lightning Source LLC
LaVergne TN
LVHW012017220826
846092LV00001B/392

* 9 7 8 2 3 2 9 7 7 1 1 0 6 *

Page 54, égalité (13); retrancher le même terme au premier membre; ajouter au second membre le terme

$$+ \mathrm{S} \quad \gamma_1 \left[\frac{\partial(\rho\mu_1)}{\partial x} \delta x + \frac{\partial(\rho\mu_1)}{\partial y} \delta y + \frac{\partial(\rho\mu_1)}{\partial z} \delta z \right]$$
$$+ \gamma_2 \left[\frac{\partial(\rho\mu_2)}{\partial x} \delta x + \frac{\partial(\rho\mu_2)}{\partial y} \delta y + \frac{\partial(\rho\mu_2)}{\partial z} \delta z \right]$$
$$+ \ldots\ldots\ldots\ldots\ldots\ldots\ldots\ldots$$
$$+ \gamma_n \left[\frac{\partial(\rho\mu_n)}{\partial x} \delta x + \frac{\partial(\rho\mu_n)}{\partial y} \delta y + \frac{\partial(\rho\mu_n)}{\partial z} \delta z \right]$$
$$\times [\cos(n_i, x)\,\delta x + \cos(n_i, y)\,\delta y + \cos(n_i, z)\,\delta z]\,d\mathrm{S}.$$

Page 55, égalité (19); ajouter au second membre le terme

$$+ \mathrm{S} \left[\frac{\partial(\rho\mu_1)}{\partial x} \delta x + \frac{\partial(\rho\mu_1)}{\partial y} \delta y + \frac{\partial(\rho\mu_1)}{\partial z} \delta z \right]$$
$$\times [\cos(n_i, x)\,\delta x + \cos(n_i, y)\,\delta y + \cos(n_i, z)\,\delta z]\,d\mathrm{S}.$$

Page 55, égalités (20); ajouter au second terme de la première de ces égalités le terme précédent, et au second membre de chacune des autres un terme analogue.

Page 56, égalité (21); du premier membre, retrancher le terme précédent.

Page 56, égalité (23); au premier membre, ajouter le terme

$$- \mathrm{S} \left\{ \left[\mathrm{V} \frac{\partial \rho}{\partial x} + \frac{\partial(\rho\zeta)}{\partial x} \right] \delta x + \left[\mathrm{V} \frac{\partial \rho}{\partial y} + \frac{\partial(\rho\zeta)}{\partial y} \right] \delta y + \left[\mathrm{V} \frac{\partial \rho}{\partial z} + \frac{\partial(\rho\zeta)}{\partial z} \right] \delta z \right\}$$
$$\times [\cos(n_i, x)\,\delta x + \cos(n_i, y)\,\delta y + \cos(n_i, z)\,\delta z]\,d\mathrm{S}.$$

Page 65, égalité (46); ajouter au second membre le terme

$$\mathrm{S} \Big\{ \quad \left[\mathrm{V}_1 + \frac{\partial(\rho\xi)}{\partial \rho_1} \right] \left(\frac{\partial \rho_1}{\partial x} \delta x + \frac{\partial \rho_1}{\partial y} \delta y + \frac{\partial \rho_1}{\partial z} \delta z \right)$$
$$+ \left[\mathrm{V}_2 + \frac{\partial(\rho\xi)}{\partial \rho_2} \right] \left(\frac{\partial \rho_2}{\partial x} \delta x + \frac{\partial \rho_2}{\partial y} \delta y + \frac{\partial \rho_2}{\partial z} \delta z \right)$$
$$+ \ldots\ldots\ldots\ldots\ldots\ldots\ldots\ldots$$
$$+ \left[\mathrm{V}_n + \frac{\partial(\rho\xi)}{\partial \rho_n} \right] \left(\frac{\partial \rho_n}{\partial x} \delta x + \frac{\partial \rho_n}{\partial y} \delta y + \frac{\partial \rho_n}{\partial z} \delta z \right)$$
$$\times [\cos(n_i, x)\,\delta x + \cos(n_i, y)\,\delta y + \cos(n_i, z)\,\delta z]\,d\mathrm{S}.$$

Page 66, égalité (47); retrancher du second membre le même terme.

Page 67, égalité (50); retrancher du premier membre le même terme; ajouter au facteur entre [ ], qui figure au second membre, le terme

$$-\mathbf{S}\left(\frac{\partial\rho_i}{\partial x}\delta x+\frac{\partial\rho_i}{\partial y}\delta y+\frac{\partial\rho_i}{\partial z}\delta z\right)$$
$$\times\left[\cos(n_i,x)\,\delta x+\cos(n_i,y)\,\delta y+\cos(n_i,z)\,\delta z\right]dS.$$

Page 67, égalité (52) ; ajouter au premier membre le terme précédent.

TABLE DES MATIÈRES.

Pages.

Introduction historique I

Chapitre I. — Du potentiel thermodynamique interne d'un mélange fluide. 11

§ I. Des variables qui définissent un élément fluide........ 11
§ II. Le potentiel thermodynamique interne d'un mélange de fluides... 13
§ III. Cas des gaz parfaits........ 16
§ IV. Formules relatives aux mélanges de deux substances........ 17
§ V. Autre système de variables propres à définir l'état du mélange... 18

Chapitre II. — Équilibre d'un mélange fluide sous l'action de forces extérieures........ 20

§ I. Équilibre d'un mélange fluide sous l'action de forces extérieures... 20
§ II. Cas d'un mélange de deux substances........ 29
§ III. Application des formules précédentes aux mélanges de gaz parfaits........ 33
§ IV. Autre solution du problème de l'équilibre d'un mélange de fluides. 36

Chapitre III. — Le potentiel thermodynamique sous pression constante. 44

§ I. Cas où les forces extérieures se réduisent aux pressions extérieures. 44
§ II. Potentiel thermodynamique sous la pression constante Π........ 45
§ III. Nouvelle forme des conditions d'équilibre........ 49

Chapitre IV. — Stabilité de l'équilibre d'un mélange fluide........ 50

§ I. Variation seconde du potentiel thermodynamique d'un mélange fluide à surface libre........ 50
§ II. Stabilité de l'équilibre d'un mélange homogène........ 58
§ III. Stabilité de l'équilibre d'un fluide à surface libre........ 61
§ IV. Autre solution du problème relatif à la stabilité de l'équilibre d'un mélange fluide........ 64

Chapitre V. — Conséquences de la stabilité d'un mélange homogène.... 72

§ I. Compressibilité isothermique d'un mélange homogène........ 72
§ II. Compressibilité isentropique d'un mélange homogène........ 75
§ III. Variations de densité et de composition au sein d'un mélange en équilibre sous l'action de forces extérieures........ 77
§ IV. Conséquence relative au potentiel thermodynamique sous pression constante........ 81
§ V. Autre conséquence, analogue à la précédente........ 87

Pages
CHAPITRE VI. — LE MOUVEMENT DES FLUIDES MÉLANGÉS 91

§ I. Équations du mouvement des fluides mélangés 91
§ II. Cas où la température du mélange est uniforme et constante 97
§ III. Cas des gaz parfaits 101
§ IV. Propagation du son dans un mélange fluide 102
§ V. Détermination des fonctions ψ_i 108

CHAPITRE VII. — LES PHÉNOMÈNES D'OSMOSE 110

§ I. Condition générale de l'équilibre osmotique 110
§ II. Cas où les forces extérieures se réduisent aux pressions extérieures 117
§ III. Problème de M. J.-H. Van't Hoff 121
§ IV. L'expérience de Dutrochet 125

ERRATA 132

19383 Paris. — Impr. GAUTHIER-VILLARS ET FILS, quai des Grands-Augustins, 55.

www.ingramcontent.com/pod-product-compliance
Lightning Source LLC
LaVergne TN
LVHW012012220826
846092LV00001B/320

9782329769813